第十五回 岡山県

# 内田百閒文学賞受賞作品集

Uchida Hyakken Bungakushou

《最優秀賞》

たまゆら湾　江口ちかる

《優秀賞》

岡山駅から　松本利江

糸　馬場友紀

作品社

目次

# 第十五回　岡山県「内田百閒文学賞」受賞作品集

《最優秀賞》

# たまゆら湾

江口ちかる

## 著者略歴

江口ちかる（えぐち・ちかる）
昭和三十六年七月二十五日　兵庫県生
京都府立大学女子短期大学部国語科卒業
現　職：会社員
受賞歴：平成十七・十九年度　岡山県文学選奨小説部門　佳作
平成二十年度　岡山県文学選奨川柳部門　入選
第十四回　岡山県「内田百閒文学賞」優秀賞

## 『たまゆら湾』　K

おまえんち、カラーテレビあるんじゃろ。

学校の廊下で上級生に話しかけられた。

昭和三十七年、三石食堂の息子明は中学二年になったばかりだった。

ひとまわり大きなからだつきの皰面（ニキビづら）が明を見下ろしていた。

耐火煉瓦工場に勤める、食堂の常連客の子どもだ。卑屈な笑みを浮かべる明の心に、どんよりとした鈍色の雲が垂れていた。

お客さんに感謝せられぇが両親の口癖だった。

明には両親を困らせるほどの反抗心はない。

ええなぁ。俺もカラーテレビ見たいわ。

上級生は軽く明の肩を叩き、おーいと遠くへ声をとばしつつ後方へ走って行った。

明は拍子抜けした。何かいやなことを言われると身構えていたのだ。

小さい頃から警戒心が強かった。

赤ん坊の明をあやそうとした人は根負けし、人見知りは賢い証拠じゃと笑うしかなかった。

成長してからも人は悪いものだと思いがちだった。だが人は意地悪をするほど自分に関心がないのだと明は最近思うようになっていた。

土曜日で学校は昼までだった。明はぶらぶらと帰途についた。

すぐに背が伸びるからとすすめられた学生服は一年以上経ってもだぶついたままだった。

幼い頃から何をするのも遅かった。歩きだすのも語り出すのも駆けっこも。

早生まれじゃけ、と母は明と自らを励ますように笑った。父の方は、死ぬまで早生まれじゃや、と呆れていた。

見馴れた三石（みついし）の風景がひろがっていた。

三石は山間いの町だった。

くねくねとのびる国道二号線と、その両脇に続く暗い緑の山々。

低くつらなる山の姿を大人たちは仏さまの寝姿になぞらえた。

道沿いの家々やその奥に点在する家。そのなかから煉瓦の煙突がにゅっとのびている。

三石は四十を超える鉱床を抱く山々がつらなる鉱山町で、世界的に見ても有数の蠟石の産地だった。

蠟石はチョークの原材料にもなった。

明治維新ののち学校制度ができ、チョーク製造がさかんになった。

やがて蠟石に耐火物用としての特性がわかり、耐火煉瓦の製造工場ができた。備前焼の窯の存在と豊富な鉱床は耐火煉瓦の産業を成長させた。

戦時中には軍艦のボイラーの反射炉としての需要も大きかったのである。

三石食堂の客の多くは、そうした工場の勤労者たちだった。

快活で男くさい客たちは明を萎縮させた。

道の先に四角い照り返しが見えてきた。

三石食堂のショーケースだ。

日に焼けた食品サンプルと手書きのおしながき、土人形やプラスティックの桔梗の花が並んだ空間だ。

駐車スペースには自転車がばらばらと停まっていた。

近くに耐火煉瓦の新工場が建ってから食堂は忙しくなった。

うどんや野菜炒め、かやくごはんが売れ筋だった食堂が揚げ物の定食をどんどん作るようになり、壁も天井も母の割烹着もすっかり油臭くなった。

工場も土曜日は午前中しか稼働しない。

土曜日で帰宅するばかりの常連たちは瓶ビールを傾けているのかもしれなかった。

「ただいま」

居住空間は食堂の奥にある。明はぺこりと頭を下げ客の傍らを通った。

「よぉ、学校はどうや」

馴染みの客が明の尻をはたいた。

明はうっすらと笑みを浮かべ、どうも、と口のなかでもごもごつぶやいた。

「明、お客さんが尋ねてじゃ。はっきり答えんか」

厨房から父の高い声が飛ぶ。

「いやいや、ええんじゃ」

客が笑むのを確認して明はもう一度頭を下げた。

足早に奥へ進み、自宅部分につながるドアを開け、音を立てないように閉める。

厨房の横にあたるスペースは居住スペースへ続く土間になっている。

客と父の会話が明を追いかけてきた。

「まだまだうぶこいなぁ」

「何を考えとるんかわからんわ」

「成績はいいらしいやないか」

「スポーツでもしてくれたらええんじゃが、もやしのようで」

明はため息をのみこみ、両足を擦り合わせ白いズックを脱ぎ落とした。

「卓袱台に昼ごはんおいてるで」

母が厨房から土間へ顔をのぞかせていた。光を背負った母はぼんやりと輪郭だけになっている。

母が厨房から声をかけるのは明が浮かない顔をしているときだ。客に尻をはたかれても卑屈に笑っているような日だ。

卓袱台には明が好きなちゃんぽんがあった。かまぼこや豚肉や野菜がたっぷり載せられたちゃんぽんの丼には、最近使うようになったラップがかけられている。ラップを取ると食欲をそそる匂いがあふれたち明は一気にちゃんぽんをたいらげた。

建て増した小さな二階に明の部屋はあった。

和室に学習机と本棚と箪笥が置かれている。部屋ができたときにかけられたままのカーテンは子どもっぽい動物柄だ。押入に収める時間がなくて三つ折りにしただけの布団に寝間着がくしゃっと載せられていた。

制服を壁に打ち付けられたフックにかける。制服はまだ風の匂いがした。

二階から小さな畑越しに離れが見える。野菜のやわらかな畝のうえに食堂の影がのびていた。

離れにはかつて母方の祖父が寝起きしていた。明をかわいがってくれた人だ。快活でもの識りで、やさしい人だった。

今は年が離れた従兄の弘が離れを占領していた。

明は弘が好きになれなかった。

郵便はがき

料金受取人払郵便

麹町支店承認

9781

差出有効期間
2022年10月
14日まで

切手を貼らずに
お出しください

102-8790

102

［受取人］
東京都千代田区
飯田橋2－7－4
株式会社 作品社
営業部読者係　行

## 【書籍ご購入お申し込み欄】

お問い合わせ　作品社営業部
TEL 03(3262)9753／FAX 03(3262)9757

小社へ直接ご注文の場合は、このはがきでお申し込み下さい。宅急便でご自宅までお届けいたします。送料は冊数に関係なく500円（ただしご購入の金額が2500円以上の場合は無料）、手数料は一律300円です。お申し込みから一週間前後で宅配いたします。書籍代金（税込）、送料、手数料は、お届け時にお支払い下さい。

| 書名 | 定価　　円 | 冊 |
|---|---|---|
| 書名 | 定価　　円 | 冊 |
| 書名 | 定価　　円 | 冊 |
| お名前 | TEL　（　　） | |
| ご住所 〒 | | |

フリガナ
お名前

男・女　　　　歳

ご住所
〒

Eメール
アドレス

ご職業

ご購入図書名

●本書をお求めになった書店名

●ご購読の新聞・雑誌名

●本書を何でお知りになりましたか。

イ　店頭で
ロ　友人・知人の推薦
ハ　広告をみて（　　　　　　）
ニ　書評・紹介記事をみて（　　　　　　）
ホ　その他（　　　　　　）

●本書についてのご感想をお聞かせください。

ご購入ありがとうございました。このカードによる皆様のご意見は、今後の出版の貴重な資料として生かしていきたいと存じます。また、ご記入いただいたご住所、Eメールアドレスに、小社の出版物のご案内をさしあげることがあります。上記以外の目的で、お客様の個人情報を使用することはありません。

その弘が祖父のいた空間をわがもの顔にしていることも明を苛立たせた。両親が弘をかわいく思っているらしいのが理解できなかった。食堂のカラーテレビは弘とともにやってきた。

羽振りのいい弘の父が、弘を預ける礼だと送ってきたのだ。中古品を安く譲り受けたらしいが、カラーテレビはとてつもなく高額だった。そんな余裕があるなら息子を近くにおいて養えばよさそうなものである。どうやら弘は地元でトラブルを抱え、三石に来たらしい。明の父が頼みこみ耐火煉瓦工場で不定期の配送の仕事に就いていた。

カラーテレビの到来に両親がはしゃぐさまは奇異に思えた。父は食堂の一段高くなった畳のスペースにテレビを置いた。

カラー放送はまだ少なかった。ＮＨＫと首都圏の民放四局を合わせ、放送時間が週に三十時間にも満たなかった頃だ。岡山県の民間放送はまだ白黒のみだった。またカラー放送は外国のカラー映画かスポーツ番組がおもで、画像も素晴らしいとはいえなかった。スイッチを入れればすべてカラー放送が映ると思い込んでいた両親は落胆した。

だがカラーテレビがあるだけでめずらしかったのだ。

上背があり彫りの深い顔立ちの弘は「食堂の男前」と呼ばれるようになった。

弘は口がうまかった。

「おばさん、顔色がわるいで。大丈夫か。手伝えることがあったら言うてや」

「おじさん、肩が凝ってるなぁ。そこに座り。なにもできへんけど、肩揉むくらいはできるで」

弘が父の肩を揉むのを、母が目を細めて眺めていた。

離れへ弘宛ての郵便物や乾いた洗濯物を持って行くよう頼まれることがあった。いやだったが、母が忙しくしているのを見ると断れなかった。

そんなとき弘は戸口を長身でふさぎ、にやにやしてみせた。

明の嫌悪感を見透かし、鼻で笑っているようだった。

そしてけして明を名前で呼ばなかった。にやりと口をゆがめるのが明をみとめたしるしだった。

ぼんやり窓の外を見ていると離れから出てくる人影があった。

人影は何度も離れを振り返り、手を振った。

弘のもとには年齢も雰囲気もばらばらな女たちが惚けた顔を提げてくる。

離れの窓が少し開いていた。

窓の内から手を振っている弘の顔が浮かび、明は音高く窓のカーテンを引いた。

「明、何しよん」

階下から母の声がした。

「何もしよらんよ」

「ちょっと手伝いをせられぇ。配達じゃ」

「わかった」

土曜日の夕方に配達を頼んでくる老夫婦がいた。

きまって大量の唐揚げだ。週末は孫を預かるらしい。

孫が食堂の唐揚げが大好きなんじゃと奥さんは言った。その言葉が存外にうれしく、明は厭わず配達に行くようになった。

そして帰りに美耶子の店「たまゆら堂」に立ち寄るのが決まりだった。

美耶子の立ち姿を思い浮かべ、明の気持ちはあかるんだ。

十余り年上の美耶子の存在は、鬱屈しがちな暮らしのなかの、小さな星のような存在だった。

だが明は美耶子に確認したくてできずにいることがある。それを意識すると気持ちが翳った。

翳りを抱えながら、美耶子に尋ねることを先延ばしにしていた。

美耶子にはじめて会ったのは晩秋だった。あの土曜日も配達の帰りだった。さくら紅葉の美しい坂道を、明の自転車はくだっていた。

「たまゆら堂」は閉店になった貸本屋だった。主を亡くし空き家になっているはずの店内にぼんやりと光が灯っていた。

小学生の頃祖父に何度か連れて行かれた店だ。

店内の薄暗さや漆喰の壁の匂いがおもむろに甦って来た。

みみずくが眼鏡をかけたような風貌の貸本屋のおじいさんは笑っていても少し怖かった。明は店に入ると祖父の後ろに隠れるように立っていた。

そのくせ貸本屋の湿った秘密めいた雰囲気が大好きだったのだ。

背表紙のひとつひとつの向こう側には何かが潜んでいて、明を誘っているようだった。

貸本屋には見たこともない漫画があった。のちにゲゲゲの鬼太郎となる『墓場鬼太郎』を知ったのも貸本屋だった。

日本中に貸本屋が三万もある。版元が漫画家に頼んで貸本屋用に描くんじゃ。みみずくに似た店主は得意そうに説明した。一泊二日で本によって三円か五円で借りることができた。週刊誌が四十円だった時代である。

貸本屋の主人も明の祖父もすでに故人である。

明は自転車を停め、軒からさがった木製の看板を見上げた。看板には本のイラストが手描きされ、店名がしたためられていた。なかを窺っていると引き戸が開いた。

美耶子は、色白で利発そうな目をしたきれいなひとだった。グリーンと躑躅(つつじ)の赤が基調の小花模様のワンピースがよく似合っていた。三石ではそんな恰好をするひとはいない。母が町内の寄りあいや学校へでかけるときの少しよそいきの恰好でさえ、丸襟の白い木綿のブラウスと地味な色のギャザースカートだった。近所の人も似たり寄ったりだった。小さく編み込んで纏めた髪のおくれ毛が顔の周りにやわらかく垂れている。光を湛(たた)えた黒い瞳が言問うように明を見つめていた。

「何かご用？　掃除をしていたものだからすぐに気づけなくてごめんなさいね」

明がめずらしく饒舌になったのは、なかを覗いていたのを咎められたような恥ずかしさと垢ぬけた美耶子の姿に舞い上がったからだろう。そうでなければ口を利くこともできなかったかもしれない。

小学生の頃何度か来たことがあること、借りて読んだ漫画のこと。話を前後させせながらそんなことを夢中で話した。

なかばしどろもどろに熱に浮かされたように話す明の言葉を美耶子は遮ることなく聞いてくれた。

美耶子は前の店主の孫だった。みみずくみたいな顔じゃないのに、と明は内心驚いた。しばらく三石に暮らすつもりらしい。

「明くんは生まれたときから三石なの？」

「はい」

違う場所で生まれるということが明にはうまく想像できなかった。

「三石っていいところね。なんだかきれいな箱庭みたい。箱庭って、せまいとか閉じられたとかそんな意味じゃないのよ」

驚いた。明にとって三石は、低い山に囲まれた世界の底にへばりついているような町だった。

足元を鳥の影が横切るときなど、この町は鳥の目にはどう映るのかと考えることがあった。両側から山にじわじわと締めつけられている町だ。

「小さい頃から石が好きなの。引っ越すことになって、どこに行こうかなって考えて。以前からおじいちゃんの家をほっとけないな、なんて話が親せき筋から出て、三石、っていう言葉が響いたのね。それから土地の名前の由来を調べたら、ますますいいなぁって。三石明神社（みついしみょうじんじゃ）って知っているでしょう。その神社の境内に海石、山石、川石があるんですって。つまり三つの石ね。それが地名の由来だという説。もうひとつの伝説は神社に神功皇后が訪れたというものなの。懐妊中の神功皇后が三石明神社の大岩で休息をとったときに、境内にある石や岩は白い小石を孕んでいるようになったんですって。孕岩（はらみいし）神社という別名があるわけね。皇后は安産を願って神社にあった水石、火石、風石を持ち帰った。それも名前は違うけど三つの石」

学校でも聞いたことがあった。

担任は黒板に「三石明神社」と書き、「明」という字にひっかかったのか、

「明、孕むってわかるかぁ」

と大声で言って笑った。

だが同じ話が美耶子に語られると素直に耳に沁みてきた。

「魅力的な伝説よね。海石、山石、川石。どんな色でどんなかたちだろう。耳をあてたら波の音や木々が震える音やせせらぎが聞こえてきそう。水石、火石、風石はちょっと指で触れることができないような変化を孕んでいるような感じだし。で、気づいたら三石に来ていたの」

本棚の一部は石のために開けられていた。

曇り空を濾して固めたような色。

しんとつめたい白。

緋色が散ったもの。

かたちもさまざまだった。

ころんとしたすわりのよいもの。

小動物の舌のようなひらべったいもの。

氷砂糖のように六角形や八角形のもの。

葡萄に似た球体が連なりこぶし大の石からのぞいているものもある。

きれいだと思った。

「さわってみる？」

葡萄のように見えたものは指に刺さりそうに堅かった。

「それは鉱石ね。石が好きだと言ったら鉱石をくれた人がいて。わたしは鉱石より生活の中で出会う石に惹かれるんだけど。明くんは石に興味はある？」

明は困惑した。

自宅ではいつも両親の子どもだった。学校のこと、健康のこと、両親は明が大過なく成長するようこころを砕いていた。だが明は一個の人間というより子どもの役割を与えられた存在なのだ。学校での明は友だちのいない脆弱な生徒だった。周囲は明の役割に見合った言葉しか向けてこなかった。

だが美耶子は明にどんな役割も押し付けかなかった。対等に言葉を交わせるものとして扱ってくれているようだ。小さな町の限られた世界で暮らしてきた明にははじめての経験だった。

「そうだ、明くんは本は好き？」

「うーん、家に本はないから」

「もしよければわたしの持っている本を読んでくれないかな？　感想を聞かせてほしいの」

「感想……」

「感想はおおげさかな。感触を知りたいの。ここで貸本じゃなくて古本屋をするつもりなんだ。わたしの趣味で仕入れるんだけど、明くんくらいの年の人におもしろがってもらえる本を知りたいの。わたし自身の本から読んでもらえたらうれしいな。どんなジャンルの本が好きかしら」

「ジャンル……」

「詩とか冒険ものとか空想小説とか推理小説とか、なんでも」

生家には絵本の類はなかった。

小学校の図書室では図鑑や推理小説のジュブナイルの他に、函入りなのが気にいって文学全集を手に取った。

祖父は明が貸本屋で漫画を借りるとうれしそうだった。

どれも明の時間をみたしてくれた本だが、ジャンルと尋ねられると答えに窮した。

「読んだ本でおもしろかったのは何？」

「ドリトル先生のシリーズとか『ルパン対ホームズ』とか『宝島』とか」

　子どもじみていると思い、声が消え入りそうになる。

「わぁ、わたしもどれも好きだな。ちょっと待ってね」

　美耶子は店の奥から二冊の本と小さな包みを手に戻ってきた。紙ナプキンをねじった包みからは甘い香りがしていた。手作りのクッキーだと言う。

「本を貸りてもらうからには、わたしたちもう友だちね。明くんがいやでないなら、だけど」

　自宅に戻ると母が不思議そうなおももちで明を見つめた。どうしたんじゃ、にこにこして。なんもないよ。

　本を脇に抱え、自室へ急いだ。

　気持ちが昂ぶっていた。

　美耶子が貸してくれた本は『中原中也詩集』と『黒猫』だった。詩人は丸い瞳であつぼったい唇のひとだった。装丁をじっくりとながめ、表紙が見えるように本棚へ置いてみた。座り直すとかすかな音がして明はあわててポケットに手を入れた。クッキーの包みをほどくと少し罅（ひび）が入っていたが、バターの香りが濃かった。クッキーは口の中でほろほろとくずれた。

たまゆら堂は駄菓子を置いた古書店になった。

引き戸の中央二枚分を開け店舗の前に台を出し、くじ付きの駄菓子や瓶詰めのラムネやポン菓子を並べた。

たまゆら堂は子どもたちに人気の店になった。アイスクリームのケースも人気を呼んだ。母親に連れられたより小さな子どもたちや小学生、学校帰りの中高生も出入りしていた。うつくしく明るい美耶子は、思春期の客たちの相談相手にもなっていた。


配達の帰り、明の自転車はゆるい坂をゆっくりとくだった。

奥さんのおしゃべりにつきあい、いつもより時間が遅くなっていた。

大人たちが寝ている仏さまのようだという山の向こうに夕日が沈もうとしていた。たまゆら堂の駄菓子の平台はしまわれていた。てろりと表面が歪んだ硝子の奥が仄暗い。風が吹いて海棠の花がほどけはじめた。はなびらのいくつかは、夜が来る前の濃い青の空へ舞いあがった。

花の行方を追うように美耶子が引き戸を開け、明に気づくと手を振った。

最近美耶子は疲れた表情を浮かべていることが増えた。溌剌とした動きが失せ、どこかけだるそうにみえた。

それでも明から『廃市』と『ガリバー旅行記』を受け取るときにはかけねなしの笑顔になった。

明は毎週二冊の本を借り熱心に読んだ。以前に借りた本を再度借りることもあった。読書は明の毎日によろこびを与えた。

本自体もおもしろかったし、美耶子の読書を追体験しているという感覚もあった。美耶子はきれいに本を読む人だった。美耶子の気配をさがしても、頁の端が折れこんでいたり、書き込みがあるということはない。

ただ時折り、手製の栞が挟んであった。押し花がほどこされているものや、ほのかな香りがする千代紙人形。少女めいた雰囲気にどきりとした。それらの本に出会った頃、美耶子はまだ少女だったのかもしれない。現在の彼女のうちにも少女らしさがひそんでいるのかもしれない。

「じゃあ今日はこの二冊ね」

「ありがとう」

棚の石が増えていた。

こまごまと置かれていた石が少しずつ動かされ、手前に見覚えのない石があった。不透明な鈍い灰色の、もろ手におさまるほどの大きさの石だった。

表面がまるく欠けた部分がいくつかあり、洞を埋めるような白い色がのぞいていた。他のものとは雰囲気が異なっていた。

なにやら堂々としており、他の石にある可愛らしさやユーモアや新奇な空気がなかった。かといって魅力に欠けるというのではない。見つめていると引きこまれていきそうだった。白い色は星のようだ。星をはらんだ夜空が増殖しひろがっていくようだ。

「そういえばたまゆらというのも石に関連があるのよ」

石へ向けられた明の視線を辿ったのか、美耶子は話しはじめた。

「漢字だと玉という字と響くという字を書くの。玉は宝石のこと。翡翠や瑠璃が触れ合ってかすかな音をたてるという意味が、〈ほんのしばしの間〉〈かすかな〉〈あるかないか〉という意味になったのね。万葉集に、たまゆらに昨日の夕べ見しものを今日の朝に恋ふべきものか、という歌があるの。少しだけ会った人のことが今朝もうこんなに恋しいなんておかしいでしょうか、っていう意味かな。おかしいでしょうか、と本気で尋ねているんじゃなくて、恋情を肯定している。わかる気がするの。時の長短で価値は測れない。一瞬のことがずっと宝物のように胸のうちにあって一生を支えるってこともあるんじゃないかしら」

美耶子はこぶしを胸の上に置いた。

「わたしのここにもたまゆらの想いのしずくがあって、ときどき、たぷんって水が震えるの。勝手にたまゆら湾って名前をつけているのよ。おかしいでしょ」

美耶子が遠いひとになった気がした。脳裏には美耶子かもしれなかったひとの映像があった。

晩春に不似合いな霽（は）れた夜だった。

明は自室から野菜畑を眺めていた。

野菜たちは朝礼の小学生のように整列していた。

遠くに街灯がフレアスカートのように光をひろげていた。

畑のへりには椿が植えられ、隣家との仕切りになっている。

明、椿は夜中に動くんじゃ。

祖父が言っていたことがなつかしい。美耶子にも話したかった。椿の葉は夜をいっしんに受け止め暗かった。

すると離れのほうから足早に歩いてくる人がいた。明は胸をわしづかみにされたようだった。

視界を過ぎた人は美耶子に似ていた。

あこがれの小さな星のような美耶子と、忌々しい弘はとうてい結びつかなかった。

あれは美耶子だったのか？

ずっとそれをたしかめたかった。否定してほしいのに聞くことができない。そうよと返ってくるのがこわかった。

「じゃあまたね」

美耶子に送られて店を出ると、空が暗くなっていた。

細い月のかたわらに夕星がとりすましたように光っていた。

食堂の戸を開けると、蛍光灯の白が明の目を射た。

「おかえり、遅かったな。また奥さんのおしゃべりが長かったんか」

テーブルにビールを運んでいた母が笑いながら言った。

「家の手伝いか。えらいなぁ」

町内会の役員をしている男が相好をくずしていた。顔が赤らんでいる。テーブルには皿とコップ、ビール瓶が載っている。妻を亡くしてから時折り夕食を食べにくる男だ。たいていは食堂の客の最後の客になり、厨房にいる父と談笑をしていた。横に友人らしい男もいた。

明はあいまいに頷いた。

父と目を合わせ、カウンターに預かってきた代金を置く。

頭をさげて奥に引っ込もうとしたとき、

「孕岩」という言葉が耳にひっかかった。

「孕岩を店においとるらしいんじゃ」

「あの、孕岩ってなんですか」

客は面倒くさげな表情になった。明、と母が困ったように笑う。

「お客さんは食事中じゃや。奥に行かれぇ」

いや、ええんじゃや、と客が母のほうへ手を振った。

「三石明神社は知っとるじゃろ。あの神社に安産祈願をして借りる石や。石全体は暗い色じゃが、ぽつんと白い小石が入っとるんが子どもを孕んでいるようやゆうことやろ。無事に子どもが生まれたら返しに行くのがならわしじゃ。うちでも借りたが、このくらいの」

と、客は両手の掌を並べてまるめてみせた。たまゆら堂にあったグレーの石だ。この人たちは美耶子のことを話しているのだと確信した。

「子どものたまり場にもなっている店の店主がそんなふしだらでは困るで。そういやぁ、明も本屋に行きよるんやないか。前にそんな話を誰かに聞いたなぁ」

母がはっとしたように顔をあげた。

「明、そうなんか?」

「たまに行くだけじゃ」

「まぁまぁ、おかみさん、そんなこわい顔せんで」

頭を下げ、食堂から住居空間に入った。

土間にいる明の背を客の声が追いかけてくる。

「子どもでも別嬪さんには弱いゆうことや」

「相手は三石の男じゃろか」

と言った父の声にはおもしろがるような響きがあった。

「まったく誰の子なんか。腹も目立ちはじめとるらしい。孕岩があるということは産む気なんじゃろ」

「たいしたもんじゃなぁ」

笑い声は水中の音のように鈍く感じられた。

「明」

厨房の明かりを背にした母の声が硬かった。

「明はへんなことされてないやろな」

無言で向きなおり、乱暴にズックを脱ぐ。腹立ちをぶつけるように階段を上り、自室のふすまを閉めた。

美耶子がみごもっている。

厭わしい景色がまた浮かぶ。

ほんとうは尋ねなくてもわかっていたのだ。

美耶子を見誤ることなどないのだから。

他の女たちのように惚けた顔はしていなかった。むしろ怒りを抱えているように映った。

だが、深緑の闇を抱えた椿の木の横を歩いて行くのは美耶子だったのだ。

明のなかに黒々としたものが渦巻いた。

未知の感情だった。

嫉妬や、恋情と、それに相反する嫌悪が混ざりあい苦しくてたまらなかった。

その日、配達先での時間が長くなったのは、引っ越しの話になったからだった。

老夫婦は子や孫と暮らすことになったらしい。

それは配達のあとたまゆら堂に寄るという決まりごとの終わりを意味していた。

あわい寂寥につつまれ明はたまゆら堂へ向かったのだ。

美耶子に「またね」と言われたときそれを話すのは少し違う気がしていた。いつでもたまゆら堂に行くことはできるのだからと。

だが美耶子の妊娠を聞いたあとでは、土曜日の決まりごとの終わりに助けられた思いだった。

黒い感情を抱いてしまった明は、たまゆら堂に行かなくてもいいまっとうな理由を手に入れることができたのだ。明の足はたまゆら堂から遠ざかった。

梅雨になり、食堂でちいさな会が設けられた。工場の従業員の誰かの祝いの席らしかった。

七月に耐火煉瓦工場を皇族が視察に来るというニュースが客たちを高揚させていた。その合間に明は美耶子の消息を聞いた。

「そういえば本屋が閉店したらしいな」

「そうじゃ、先週引っ越したらしいわ」

頭を殴られたようだった。

明は自転車でたまゆら堂へ向かった。近づくにつれ、軒下に揺れる看板が目に入ってきた。

なんだ、店はあるじゃないか。返す本を持ってくればよかった。

明は立ちこぎをして坂をのぼった。

店のなかはしんと暗かった。

小さな貼り紙に「お世話になりました」とだけ書かれていた。はじめて見る美耶子の字だった。添えられていたイラストはあとに流行したスマイリー・フェイスに似ていた。

明の手元には美耶子に借りた『文鳥』と『オーランドー』が残された。

あとになって弘から美耶子の話を聞いた。

いつものように弘はにやついていた。

本屋によう行っとんたんやって、と弘は切りだした。あの女、本屋の客の若い女にちょっかいだすなとかなんとか偉そうに怒鳴り込んできたことがあったで。それで自分ははらぼてになって逃げ出しとるんやからあきれたもんやで。

取り返しがつかない。

明のなかにその言葉がおばけのように立ち上がってきた。

美耶子の妊娠を興味本位に笑った声。傷つけてかまわない生贄を見つけたように美耶子を笑った人たち。そこには父も混じっていた。母のばかばかしい邪推が美耶子を侮辱したこと。

自分もまた、美耶子から遠ざかった。毛嫌いしている弘と美耶子を並べて考えたとき想いが幻滅に変わったのか。黒々とした感情は。所詮卑しい嫉妬だったのではないか。

自分もまた美耶子を傷つけたのだ。

たとえ弘との関係がどうであっても美耶子が明にくれたやさしさは変わらなかったのに。

明は成長してからも折に触れ美耶子のことを想った。

美耶子はしあわせでいるだろうか。

かわいらしい子どもと過ごす美耶子を想像しようとした。

そして永遠に美耶子と会えないことを悔やんだ。美耶子が恋しかった。

そうしたとき明は胸にこぶしをあてた。

自身のうちの美耶子の面影、たまゆら湾をたしかめるように。

完

久実が陶芸教室に通いはじめ、二年になる。だが「三石蠟石」という字に目が止まったのははじめてだった。教室の棚の下段に置かれた袋にその文字はあった。講師に聞くと釉薬を定着させるものなのだという。

その言葉をずっと前に知っていた気がしていた。

記憶には色がついていると久実は思う。

よい思い出と悪いそれとでは脳をくすぐる色合いが異なるのだ。

「三石蠟石」は前者だと直感した。しばらく記憶をたどり、そうか、『たまゆら湾』に出てきたのだと思い至った。

勤務先はかつてシニア向けの文学賞を開催していた。

総務部だった久実は応募作品を受付、コピーし管理するところからはじまり、審査員や応募者とのやりとり、校正依頼、授賞式に至るまでのさまざまな仕事を請け負った。

文学賞は第十回で終了したが、『たまゆら湾』は印象に残る作品のひとつだった。

『たまゆら湾』を読んだとき、久実は昔好きだったひとのことを思った。

淡い交際のまま相手の転居で先細りになったひとだった。

それまでにも思い出すことはあったのだ。夫との結婚生活は穏やかで不満はなかった。それなのになぜそのひとを思い出すのか。うしろめたさがあったのだが、そうか、たまゆら湾だったかと癒された。

美耶子のような人生を支えつづける強さはないかもしれない。でもたしかに久実にもたまゆら湾はあったのだ。

授賞式で会ったKも印象深かった。

痩身で口数が少なく、審査員を交えた座談会でも終始目を伏せがちにしていた。

経歴には「和気郡三石町（現備前市三石町）生まれ。高校を卒業し公務員として定年まで勤務」とある。

Kはひどく緊張していた。

授賞式では壇上のいくつかの位置にテープが貼ってあった。名を呼ばれたときに進んで行って止まる位置。表彰状を渡される位置。

Kは足元を見て几帳面に立ち止まった。

『たまゆら湾』が佳作になった年には他に三人の受賞者がいた。

文学賞の応募資格は六十歳以上で、どの受賞者も社会経験を積んだ自然体の落ち着きが備わっていた。そのなかでKは不器用な印象があった。

Kのなかには少年が膝を抱えて蹲っているようだった。

鬱屈した思いをかかえ、恋したひととの不本意な別れを悔いる少年の姿だ。

「ご実家は食堂だったんですか」

審査員が軽口をきくように尋ねると、Kはきまじめに「はい」とだけ答えた。

「ではこれはご自身の初恋の話なのかしら」

「どうでしょうか。やはりフィクションだと思います。まぁでもここにこうしているのも」

Kは口の中でもごもごと言葉をまるめた。ここにいることも含め虚構だと言いたかったのかもしれない。

勤務先では歴代の受賞者へ年賀状を出していた。文学賞が終了し年賀状の慣習が終わってからもKからは賀状が届いた。「文学賞事務局御中」と記された賀状は、総務部の久実の手元へ届いた。久実はKへ寒中見舞いを送り、翌年から久実個人とKとの賀状のやりとりが始まった。

あるときからKの賀状が手書きから印刷になった。絵柄もKが選ぶにしては華やいだものだった。家族が代わって作っているのかもしれない。Kの年齢を考えれば健康を損なっているのか、何かあったのか。こころの隅で気になっていた。

陶芸教室で「三石蠟石」の文字を見てから時間を置かず、「シニア文学賞ご担当者様」と宛名書きされた大ぶりの封筒が久実の手元に回ってきた。

季節の花があしらわれた和紙の便箋に、藍色のインクのきれいな字が並んでいた。

前略　文学賞ご担当者様

お忙しいところ、失礼いたします。

早速ですが、娘の学校で祖父祖母の歴史を調べるという課題がでました。娘には祖父はおりません。祖母のことを辿るうち、御社のシニア文学賞受賞作品集を知りました。三石で本屋をしていた女性、という文にもしやと思い取り寄せて読んだところ、私の母をモデルにしていると確信を持ちました。

母は故人ですが、曾祖父が三石で店をしていた場所で一時暮らし本屋をしていたと聞いています。本屋の名前は聞かないままでしたが。菓子や日用品も扱っていたそうです。

若い友人が何人もでき楽しかったと振り返っていました。そのなかのおひとりが『たまゆら湾』の作者様ではなかったかと思います。

母が三石へ居を移したのは、私の父（私は名前も知りません。会ったことは無論ありません）との恋愛に関わる事情だったようです。

母は両親に勘当されましたが三石の家に住むことを黙認されたようです。

母は恋人と別れ転居したのですがそのあと一度だけ会った、私はそのときみごもった子だと聞いています。

母は妊娠の安定期に入った頃実家へ戻り、私を産みました。実母が夫を説得したのです。私は祖父母と母に愛されて育ちました。そのあと母は、パートナーと本が読めるカフェを経営し夫婦となり、しあわせな一生でした。

『たまゆら湾』の美耶子が母をモデルにしたものだとすれば、母はしあわせだったとKさんにお伝えしたいのです。

同封のKさん宛ての手紙には同様の内容を書いております。どうかKさんへ転送して頂けないでしょうか。

草々

大ぶりの封筒には、端正な和紙の封筒が同封されていた。

久実は読み終えて嘆息した。

美耶子さんはしあわせな人生を送ったのだ。おなかの子も無事生まれていたのだ。美耶子の娘だという人の手紙からは、聡明で愛情こまやかなひととなりが伝わってきた。それひとつをとっても、美耶子がしあわせだったことがわかる。そしてパートナーと出会った。本が読めるカフェというのがいかにも美耶子らしい。

そこまで考えて苦笑した。

久実は小説の世界と現実をたやすく地続きにしていた。奇妙なことだと笑う一方、素直に受け入れている自分にも気づいていた。

それならば奇妙ついでに、と久実は思った。

この手紙をＫに手渡しするのはどうだろう。

久実夫婦は城めぐりを趣味にしていた。岡山城には行ったことはあるが、備中松山城や鬼ノ城、津山城など行きたいところはたくさんある。Ｋに会うときには夫と別行動にすればいい。

いったん浮かんだその考えは久実の中で動かなくなった。

久実は言い繕うのが苦手だった。さぞ呆れられるだろうと思いつつ事情を話すと、夫は意外にもおもしろがってくれた。

久実の仕事のなかで、文学賞に関わるものは素晴らしい彩りだったんだろうね。

そう言われた久実は夫を誇らしく感じた。

最寄り駅まではKの娘が車で迎えに来てくれた。

目元にKの面影がある。

Kは口数の少ない人だったが、娘は人見知りをしないほがらかな性質のようだった。

「おかしな話ですけど、実は蒔田さんからご連絡があるまで、父が小説を書いていたことも、受賞したこともまったく知らなかったんですよ」

「えっ、そうでしたか」

「お電話のあと、文机を勝手に開けたら受賞作品集が出てきて。そのときにはじめて読んだんです。驚きました。優しいけれど平凡な人間だと思っていた父の知らなかった一面を見ました」

「なぜ内緒に？」

「恥ずかしかったのではないでしょうか。ひょっとすると、母に読まれるのがいやだったのかもしれません。主人公は三石の食堂の子だし、父自身の初恋の話のように読めますから」

「お父さんはあなたが本を読まれたことを知っておられるのですか」

「それがおかしくて。ずっと前から知っている体で話したら、父も読ませていた気になったみたいで。このときばかりは父の認知症に感謝しました」

娘はくつくつと笑った。

「それに読んでみてわかったことがあります。母はとっくに『たまゆら湾』を読んでいました」

「あら」

「折り返しにローズピンクの口紅が少しだけついていました。母が好んだ色です。うっかりなのか、父に気づかせようとしたのかはわかりませんけど。茶目っけのあるひとでしたから。笑えるでしょ」

娘の笑いに久実もひきこまれた。

「父は今ではときどき授賞式のことを話してくれます。社員の人によくしていただいて感謝していたようです。今日はほんとうにありがとうございます。わたしも蒔田さんにお会いするのが楽しみでした。ただ電話でもお話しましたが、いいときとそうでないときがあって。何か失礼がなければいいのですが」

Kの認知症については娘からの電話で説明されていた。今のところ問題なくひとりで暮らしてはいるが、もの忘れが頻発するようになっている。まったく同じものを買い物したり、予定をすっぽかしたり、孫たちの区別がつかなくなったりといったことが多々あるのだという。

最初に久実からかけた電話には本人が出て、今回の訪問について不都合なく会話した。そのあとで着信番号へ娘が折り返し電話をくれたのだった。結婚して近くに住んでいるらしい。たまたまひとり暮らしのKを訪ねたときに久実からの電話に耳をそばだてていたようだった。

「ご心配ですね」

「最初はショックでしたけど、みな必ず老いるんですから。からだは健康だし、忘れっぽいのも新しい個性だと思っています。いつもそう思えるというわけにもいきませんけど」

門扉のある二階建ての家だった。玄関までのみじかい距離に白御影の飛び石を敷き、両脇にはマサキや紫陽花が植えられていた。青白つるばみ色の土壁が落ち着いた印象だった。Kらしいと思った。

廊下の突き当たりの和室に通された。

絨毯を敷き応接セットを並べた部屋だ。ガラス越しの庭を背景に、Kはソファに前のめりに腰かけていた。久実を見て思いのほか人なつっこい笑顔になった。

「もうどのくらいになりますか」

「授賞式に来ていただいたのは、第七回の文学賞のときですから、もう十二年になりますね」

「今でも文学賞は続いているんじゃろか」

久実は少し戸惑いつつ答える。すでに電話でも答えていることだった。

「残念ながら第十回で終了いたしました」

「お父さん、蒔田さんはお手紙を届けてくださったのよ」

「手紙……」

「Kさんが書かれた『たまゆら湾』の読者からのファンレターです」

テーブルの上に滑らせた封筒をKは一瞥したが、手を出そうとはしなかった。

久実はあらためて部屋の中をみわたした。

床の間には掛け軸や花ではなく、棚が置かれ、本がびっしりと並んでいた。

平たい花器はあるが、なかにはすべすべした石が置かれていた。

本は床の間だけではなく、部屋のぐるりに置かれた低い木箱には文庫サイズの本が詰め込まれていた。まるでドミノ倒しの牌たちが姿勢を正しているようだった。

「たくさんの蔵書ですね」

「読書と石集めが父の趣味ですから」

娘はKの表情を気にしながら続けた。

「このごろは出かけるたびに本が増えて。ポケットの中に石が入っていたりするんですよ」

湯のみを持ちあげたKが娘へ向きなおった。

「お茶のおかわりを淹れてくれんかな。それと、ほら、ご近所さんにいただいた桃があったじゃろ」

「はいはい、失礼いたしました」

娘は静かに戸を閉めて出て行った。

ふたりだけになると、Kの表情は頼りなげになった。

届けた手紙は依然としてテーブルに置かれたままだ。

娘に託して辞すしかないのだろう。だが、気が急いてならなかった。

「その手紙の方は、Kさんの『たまゆら湾』を読んで、美耶子さんのモデルはその方のお母さんではとおっしゃっておられるんです。その方のお母さんはしあわせな一生を送られたと、それをKさんに伝えてほしいと、手紙を託されました。美耶子さん、おわかりでしょう？　Kさんの小説のなかの女性です」

「わたしの小説？」

娘がガラスの器に白桃を盛って戻ってきた。部屋に桃の香りが広がり、Kが表情を崩した。

「蒔田さん、そんなにがっかりしないで。調子のいいときに手紙を読めば大丈夫ですから」

駅へ送ってもらう車で黙りがちになった久実に娘は言った。

「そんなものでしょうか」

「そんなものですよ」

娘は快活に笑った。


Kは和室にひとりいた。

テーブルの上に便箋が広げられていた。

日が傾き、庭の木の影が室内へ伸びはじめていた。

Kの目は遠くを見ているようだ。

やがてぶるっと身震いすると、Kは床の間の飾り棚へ目をやった。

亡くなった妻の写真の傍らにすべすべした石が置かれている。

あれはどこで見つけた石だったか。

自分が石集めを趣味としたきっかけをＫは今思い出せない。

むかし恋したひとに借りたままの本をしまいこんでいることも。

たまゆら湾……。

ふっとＫの脳裏の風景が切り替わった。

生まれた町の埃っぽい道。道路まで迫ってくるような低い山々のつらなり。煉瓦の煙突。

食堂のショーケースに賑やかな客たち。星のような本屋の店主。

しあわせな人生。

「そうか。そうやったか」

Ｋの顔に穏やかな笑みがひろがった。

Ｋはゆっくりとこぶしをまるめ、そっと胸におしあてた。

## 参考文献

「備前耐火物の歴史（一）～（六）」備前商工会議所　https://bizencci.or.jp/
「歴史」三石耐火煉瓦株式会社　https://mtaika.jp/rashix_lp/
「沿革・耐火物について」株式会社三石ハイセラム　https://mitsuishi-hc.jp/
「耐久煉瓦の里「三石」の歴史」土橋鉱山株式会社　www.tsuchihashi-kozan.co.jp/
「岡山弁」フリー百科事典『ウィキペディア』　https://ja.wikipedia.org/wiki/
「地名の由来」岡山の街角から　https://www.okayamania.com/
「写真集――郷土岡山の記録」デジタル岡山大百科　digioka.libnet.pref.okayama.jp
「昭和30年代の岡山」写真に残された昭和の風景　doteraoyaji.sakura.ne.jp/

《優秀賞》

# 岡山駅から

松本利江

著者略歴
松本利江（まつもと・としえ）
昭和三十九年六月十一日　大阪府生
甲南大学経済学部卒業
現　職：会計事務所職員

「誰が一番長う潜れるか競争じゃ。いち、にーの、さん」

昭夫の号令でチエは膝から下にぐっと力を入れ、空気を胸いっぱいに吸い込み勢いをつけて水中にしゃがみ込む。上空の盛夏の太陽は熱い面となって体に容赦なく鋭くとがった光と熱を浴びせかけていたが、頭まで水に潜ると水面を通して見える太陽は白い花のような形になり、揺らめいて大きくなったり小さくなったりした。光は短冊のように細く切れ切れになって体の周りで輝いている。水の中にいると、近くで遊んでいる子どもたちの喚声も庭の塀の向こうから聞こえてくるように遠くに聞こえた。

チエは水の中でだんだんと体を丸く丸くして浮き上がるまいと力を入れていた。丸くなればなるほど自分の体が縮んでいくように感じられ、小さくなった自分を母の胎内にいるように思いながら水の中で揺られていた。そして、目を凝らせてみると、号令をかけた昭夫と昭夫の弟の英夫も体を丸めて必死に水中にいる。

そろそろ息が苦しくなってきたチエが二人の様子を見ていると、突然、英夫がチエの方を向き、目の玉をぐるりと回したかと思うと顔をゆがめて口をとがらせ、まるでひょっとこのような顔をした。その顔の可笑しさにチエは吹き出し、思わず水中から顔を出してしまう。

チエのすぐ後から水面に顔を出した英夫にチエは文句を言う。

「英夫ちゃん、ずるい。変な顔をして笑わせて。またうちの負けじゃ」

「敵に勝つためにゃ無心にならにゃあおえん。笑うとるようじゃ勝てんのじゃ」

英夫は自分も笑いながら返事をする。二人の横に昭夫が水中からやっと顔を出す。英夫が感心したように言った。

「兄ちゃんはよう息が続くのぅ。海軍に入って潜水艦に乗りゃあええんじゃ」

「俺は海軍より父ちゃんの跡を継いで、早う立派な大工になりてぇ」と昭夫がそっけなく返事をする。

「兄ちゃんは夢がないのぅ。俺は冒険の旅に出たい。先ずは南の海の無人島を探検じゃ。吸盤が五尺もある大蛸を捕まえたり、洞窟に隠されたお宝を見つけるんじゃ。それから次は大陸に渡って馬賊の仲間に入る。今でも満州にゃ多くの馬賊がおって、馬で縦横無尽に草原を走り回っとると聞いとる。そのぎょうさんおる馬賊の中の一番の親分になって英雄になるつもりじゃ。俺の名前、英夫の夫の字が雄じゃったらよかったのに。そしたら俺は生まれながらの英雄じゃ」

英夫の冒険話を雁木に腰を下ろし、足だけ水につけて聞いていたチエが急に言った。

「そうじゃ。今、うちらがつかっとるこの丸い池、昔はお殿様が食べる魚の生け簀じゃったんじゃやて。ほら、周りが石垣になっとるじゃろ。用水路から水を引いて、ここにお殿様の魚を泳がせとったそうじゃ」

「生け簀で俺らは泳いどったんか。なんかおもしれぇな」

英夫が笑いながら言う。

「江戸の昔じゃったら、お殿様の口に入る魚と一緒に泳ぎよったら、お手討ちか島流しになるところじゃ」

坊主頭が陽光に照らされて熱くなったのか、いったん頭まで水に潜ってから昭夫が続ける。

「仁政をしいた池田光政公は、民のために蔵に麦を蓄えて飢饉の時に備えとったそうじゃ。毎年、蔵の穀物がちゃんとあるかきっちり数えとったらしい。光政公なら生け簀の魚の数もきっと数えとったにちがいない。こげなところで泳ぎよって、もし、魚の数が合わんかったら罰せられるにちがいねぇ」

「俺は島流しになってもええな。島で冒険できそうじゃ。大蛸にも会えるかもしれん」

英夫がくねくねと体をくねらせながら、オ・オ・ダ・コとひときわ強く言ったので、昭夫とチエは笑い転げた。

「英夫、お前は食いしん坊じゃから無人島なんかに流されたら腹を減らしてぴーぴー泣くに決まっとる。そげなこと考えんで、学校を出たら父ちゃんに弟子入りして立派な大工になれ」

昭夫が笑い転げていた時とは違う厳しい顔つきで英夫に向かって言った。

「兄ちゃんはやっぱり夢がないのぅ。じゃけど、兄ちゃんは勉強が好きで物知りじゃから教師になりゃよさそうじゃな」

「教師か」

昭夫がぽつりと言って、遠くを見るような顔つきで真夏の青空を見上げた。

チエは岡山市の町中に住んでいた。チエの住む町は、池田光政が鳥取から岡山へ来るよりも前から侍の屋敷が七軒あったと言い伝えられていてそれが町名にもなっていた。町の西側には岡山市の北部の方で旭川の水を取り込んだ用水路が二手に分かれて流れていた。また、町の東側の大通りには路面電車の停車場もあり、少し足を延ばせば賑やかな商店街もあった。

一方、チエの母方の従兄にあたる昭夫と英夫の兄弟は、奥備中の山間の村に住んでいた。言い伝えでは、その村の周囲の山では千年以上も前から銅が産出されていたそうで、江戸時代後期になると銅と一緒に採掘された鉄鉱石を精製し、赤色顔料の元となる弁柄(べんがら)の製造をすることで村は一気に繁栄した。そして、弁柄景気に沸いた頃の製造業者たちは、どれほど栄えたのか想像もつかぬほどの財力をもって一斉に弁柄の赤色を塗った家を建てた。

銅山が閉山した今でも山奥とは思えない立派な建物が時を経ても鮮やかに残っており、繁栄の名残をとどめていた。

チエにとっては伯父にあたる昭夫と英夫の兄弟の父は大工をしており、幼い頃の兄弟は父が家の新築を任され、棟上式の折などには、いつもより数倍も大きく見える父を誇らしく自慢に思っていた。

しかし、昭和初期から銅山が次々と閉山となり弁柄産業も衰退し、そのあおりで大工仕事もめっきりと減り、最近の父の姿は昔に比べて一回りも二回りも小さくなったように見えた。

長男の昭夫は物静かで勉強が好きだったが、学校を出ると父に弟子入りして大工になるつもりでいた。反対に活動的な次男の英夫は、いつか山間の村から出て、広い世界を見てみたいと思うようになっていた。

学校が夏休みに入ると昭夫と英夫の兄弟は「町での冒険」と称して、山間の村から高梁川沿いに走る伯備線で川を下り、岡山駅で降りてチエの住む町に遊びにきた。

山奥に住む二人にとってチエの住む町中は珍しいことばかりで、一日中交差点の角に座って路面電車が走るのを眺めている日もあった。

「昭夫ちゃん、英夫ちゃん、もう夕飯の時間じゃ。はよ帰らにゃお母さんに叱られる」

「もう一台電車が来たら帰るから、チエちゃんは先に帰っとったらええ。電車が速度を上げる時に車輪が鳴るんじゃ。その音がええんじゃ。満州じゃ『満鉄あじあ号』っちゅう超特急が大陸を走っとるそうじゃ。超特急はここの電車より、もっと、もっと速いんじゃろなぁ。いっぺんでええから乗ってみてぇなぁ」

英夫は電車の運転手になったつもりで、ハンドルを切るしぐさをしながら言う。

「なぁ、兄ちゃん、ええ音じゃな」

昭夫は返事をする代わりにうんうんと頷いている。

「あのキーキーいう音のどこがええんじゃ。うちにはわからんから先に帰る」

チエがそう言い残して家に帰ってから兄弟が戻って来るのは、大抵半時間以上が経ってからになる。そうなると、夕飯を食べずに待っていたチエの母の怒りが爆発して、兄弟は帰るなりこっぴどく叱られることもたびたびだった。

またある日は天満屋百貨店でアイスクリンを食べ、屋上遊園で遊び、エレベーターに乗って昇ったり降りたりを繰り返して楽しんだ。

百貨店に入ると白粉や香水の香りがふわっと鼻の中に広がり、山奥ではかいだことのない、いい匂いがした。

「ええ匂いじゃな。村ではこんなええ匂いはかいだことねぇな。町の女の人の匂いじゃ」

英夫は鼻をひくひくさせながらチエに言った。

「うちもお嫁さんに行く頃にゃ、白粉つけて綺麗な恰好して歩くんじゃ」

チエは百貨店のショーウインドの洋装のマネキンをちらっと見ながら自分の将来の姿を想像していた。

毎日のようにこんなやり取りがあり、山間の村から遊びに来ている兄弟は、夏休みの数日間、町の生活を楽しんだ。

チエの方も英夫たちの住む山間の村の秋祭や正月には、岡山駅から汽車で高梁川を溯って、従兄弟たちの家に遊びに行った。

岡山駅を出発した汽車が、倉敷で分岐するレールの上で北上を始め、高梁川が見え出すと山間の村での楽しみを想像して胸がわくわくする。

山間の村の冬は雪深く、切った竹を板代わりにスキーをしたり、雪の間からひょっこり顔を出したウサギを追いかけたりと町中ではできないことがたくさんあった。夜になると家の中心にある囲炉裏の回りに座り、銅山や弁柄にまつわる昔話を聞きながら心地よい温かさの中で食事をし、チエは夕飯を食べながら居眠りをして皆に笑われることもたびたびあった。

また秋祭はこの地区の年中行事の中でも特別の楽しみだった。花笠を被り色とりどりの衣装を着けた女衆は『渡り拍子』という神楽にのって踊り、大蛇を退治する勇ましい姿の猿田彦の神に扮する男衆が太刀を振るう。

この日は神楽の音色が響き渡り、普段は静かな山間の村が一年で最も華やぐ日となる。

しかし、英夫たち兄弟が国民学校の高等科へ進む頃、日本は太平洋戦争に突入する。いつまでも続くと思っていた平和な子ども時代が急に終わりを告げた。

戦争が始まると戦地に兵士を送るため労働者不足が深刻となり、代わって子どもたちが働き手になり義務教育どころではなくなった。昭夫と英夫の兄弟も勤労奉仕や軍事訓練に明け暮れる毎日となった。そのため兄弟はこれまでのように気軽に岡山市内のチエの家に来ることもなくなり、またチエも山間の村に行くことがなくなっていた。

昭和十九年になると戦局が厳しく、秋祭が中止になったと山間の村からチエのところに便りが来た。その便りには学校を卒業したら父の元で修行をして大工になると思っていた英夫が「満蒙開拓青少年義勇軍」の一員として外地の満州に渡ることになったとも書かれていた。

国は昭和初期から国策として、十五歳になった少年を全国から集め「満蒙開拓青少年義勇軍」という開拓民として満州へ送り出していた。各地の学校が窓口となり、教師や教育委員会が当該年齢の男子を対象に満州で三年間の訓練期間を終了すれば地主になれるなどとして人数を集めていた。これは農家の次男や三男、これといった産業のない農村部の子どもにとっては魅力的な話だった。また軍国教育を受けていた当時の少年たちにとって、満蒙開拓団の「王道楽土」、「五族協和」などのスローガンは、愛国心を強く呼び起こすものだった。

しかし、実際には少年たちは開拓民ではなく、ソ連国境の守備、満州を守るための予備戦闘員として送り出されていた。


山間の村からの便りを読んだチエは、兄妹同然に大きくなった英夫が遠い満州へ行ってしまうことに大きな衝撃を受け、昭和二十年の正月を待ちかねて山間の村にやって来た。

「チエちゃん、しばらく見ん間にえろう娘さんらしゅうなったなぁ。もう二、三年もしたらお嫁に行けそうじゃ。女の子は華やかでええなぁ」

伯父と伯母がかわるがわる感心したような顔つきで、久しぶりに山間の村にやって来たチエを眺める。

「いやいや、まだまだ子どもじゃ。裁縫もできんし、料理もいけん。もっとも今は料理するほどの物資もないけどな。口答えも多いし、嫁に行くのは十年早いわ」

一緒に来ていた母がチエの顔を見て笑いながら答える。

チエはお嫁さんなどと言われて恥ずかしくなり、部屋の奥に目をやると、昭夫が笑っている。その少し離れたところには怖い顔をしてじっとこちらを見ている英夫がいる。

「どうしたんじゃ、英夫ちゃん。怖い顔をして」

チエが困惑して問いかける。

「天満屋の白粉の匂いじゃ」と、小さな声で英夫が呟いたようだった。そしてぷいと外に出て行った。

それからの英夫は今までのように兄妹同然ではなくなり、ぶっきらぼうな態度になった。チエは英夫が何を怒っているのかもわからず、満州行きについての詳しい話も聞けず、英夫に対抗するように自分もつんけんした態度をとってしまった。できれば英夫に遠い満州になぞ行ってほしくないと伝えたかったが、そんな話もできないまま家に戻ってきた。

「お母さん、急に英夫ちゃんの機嫌が悪うなって、何の話もできんかった。満州へ行く前に仲直りできるじゃろうか」

朝の支度の途中、三つ編みを母に手伝ってもらいながら、鏡の中のチエが問いかける。

「しばらく会わん間にチエがすっかりお姉さんらしゅうなって別人みたいに見えて、英夫ちゃんも恥ずかしかったんかな。満州へ行くまでにはまだ間があるじゃろ。また会えるから大丈夫じゃ」

母娘でもう少し時間があると思っていた矢先、山間の村の英夫の両親から、二月に入るとすぐに英夫が満州へ行く前の訓練として、茨城県水戸市にある満蒙開拓青少年義勇兵訓練所に行くことになったので、岡山駅で見送ってほしいとの文面の手紙が届いた。


「うち、裁縫は苦手じゃ」

チエは満州へ渡る英夫に自分がいつも秋祭や正月に着る晴着の布の切れ端で御守袋を作ろうとしている。えんじ色の晴着の切れ端にはチエのお気に入りの黄色の菊の花びらの柄の部分があり、その柄がうまく入るように縫い合わせるつもりだった。しかし、チエのきゃしゃな手のひらに収まる程の袋を作るのにすでに何度か指先を突いてしまい、小さな血の玉がぷっくりと指先に浮いている。

「今日も駅前で戦地へ行く兵隊さんのために千人針を頼まれたんじゃけど、うまく結び目ができんかった」

チエの様子を見かねた母が「どうれ、かしてみんさい」と言いながらチエの手から布を受け取り、リズムのよい針運びをするとたちまち袋の一辺ができ上がる。昔から母が姿勢を正して裁縫をする姿を見るのが好きだったチエだが、この時ばかりは「やっぱり自分でする」と言って母の手から布を取り戻した。そうこうしているうちに何とか御守袋は完成して、首からかけられるように紐も付け、近くのお地蔵さんのお札を中に入れる。

御守袋ができてほっとしたのも束の間、明日、岡山駅で英夫にどんな言葉をかけようかと思うと心が落ち着かない。正月に会った時につんけんした態度で別れてしまい、大いに反省をしたその気持ちだけでも伝えられたらと、早めに布団に入ったが、子どもの頃からの英夫との思い出が次々に心に浮かんでは消えてますます寝られない。

秋祭で大蛇を退治する猿田彦の神に憧れて木の枝を太刀に見立てて振り回す英夫。いつもチエをいじめる近所の畳屋の三男坊にげんこつを食らわせ「チエちゃん、鬼退治してやったからな」と息巻いていた英夫。この時は畳屋から苦情が来て、英夫はこっぴどく叱られた。しかし、チエにとって英夫は、悪者を懲らしめる英雄だった。どれもいつも明るい顔をしている英夫の姿が思い起こされる。冒険に出てオオダコをやっつけるとおどけていた顔を思い出して笑ったりもしたが、明日の出発を前に当の英夫は何を思っているかと考えると、不安で寂しい気持ちがこみ上げてきて、チエは眠れないままに朝を迎えた。

山間の村からの便りによると、出発の日の英夫は早朝に村を出て、始発の伯備線で岡山駅まで出て壮行会が行われたのち、夕刻に水戸市の訓練地へ向けて出発するとのことであった。

翌日の夕刻、チエは急いで岡山駅に駆けつけた。

駅の堂々とした四角い建物の正面には丸く大きな時計がはめ込まれいつもどおりに時を刻んでいる。チエにとっては戦争が始まる前は山間の村へ行く楽しみの入口だった駅。しかし、戦争が始まると兵士と家族の別れの場となり、たくさんの涙が流された悲しい場所に変わっていて、かつての楽しみの入口は、暗く威圧的な建物に見えた。

薄暗い駅構内を通り抜けホームに着くと、義勇兵を送り出す万歳の声や軍歌の歌声が地鳴りのように大きく響いてきて、体が揺さぶられる様な感じがし、チエは圧倒されてしまった。

気を取り直し、少し離れたところに目をやると「必勝」、「武運長久」などの勇ましい言葉が書かれた幟の一団が見える。軍服にゲートルを巻いた兵士や国旗を振るたくさんの人、その中に満蒙開拓青少年義勇兵という兵とは名ばかりの小さな少年たちが数十名いた。チエはその一団の方に近づき目を凝らして英夫の姿を探した。そして集団の隅にいつも見慣れた顔とはまったく違う顔つきの英夫の姿を見つけた。冒険を夢見ていた英夫だったが、岡山駅での様子はずいぶん違っていた。初めての場所へ親元を離れての旅立ち。夢を見ていた子どもの頃には感じなかった不安が一気に押し寄せたような泣きそうな表情。それを見たチエは、今からでも遅くないから義勇兵になんかなるのはやめて、満州に行かないでほしいと口に出かかった。しかし、周りの人たちの義勇兵を送り出す万歳の声の前にそんなことが言える筈がなかった。

「いつか満州へ会いに行くから元気で待っててな」

チエは涙をこらえながらそれだけ言うのがやっとだった。そして手に持っていた御守袋を英夫に差し出す。それを受け取り首に掛けながら英夫は「チエちゃん……」と何かを言ったようだが、周りの声や汽車の音にかき消されてはっきりとチエの耳に届かなかった。聞き返す間もなく、英夫は汽車に乗り込む。汽笛が大きく鳴る中、汽車は発車した。そして窓から顔を出し、いつまでもチエに向かって手を振る英夫の顔が、遠くに消えた。話らしい話もできず、あっけなく英夫は旅立ってしまった。

しばらく駅のホームで涙を目にいっぱい溜めたまま立ち尽くしていたチエだが、小さなため息を一つ漏らして岡山駅を後にした。

三か月間の水戸市での訓練が済み、無事に満州の訓練所に移動したと英夫からの便りが届いたと、山間の村から知らせが来たのが、昭和二十年の五月に入ってのことだった。チエには満州へ行くのにどれ程の日数がかかるのか見当がつかなかったが、道中の危険をあれこれ心配していたところ、無事と聞いて安心したとともに英夫が本当に遠くへ行ってしまったという実感が湧き起こり、自分だけが取り残されたような寂しい気持ちがこみ上げて来た。

学校の帰りにチエは回り道をして殿様の生け簀の方に行ってみた。生け簀に勢いよく流れ込む用水路の水を見つめながら、楽しかった夏休みのことを思い出していた。

絶えず流れ続ける水は、止めようとしても決して止めることができない時間の流れと同じように思えた。そして、日の光をうけて流れる水のきらめきの中にチエの宝物のように大切な時間、家族や英夫たちとの楽しい時間、そんな輝きが入っているように思われたと同時にその輝きも容赦なく流れ去ってしまう、どうしようもない悲しみを感じた。

日本中が空襲の危機にさらされていたこの頃、岡山市でも夜になると決まって空襲警報が鳴り、慌てて防空壕に逃げ込む日々が続いていた。

しかし、昭和二十年六月二十九日は空襲警報が鳴らなかった。チエは久しぶりに警報に邪魔されず寝込んでいたが、雷が鳴り稲妻が走ったような気がして目が覚めた。

「空襲じゃ。二人ともはよ逃げられぇ」父が叫ぶ。

「空襲警報は鳴っとらんで」チエが寝ぼけ眼でそう言うと、

「つべこべ言うとらんと、はよ逃げるんじゃ」

父が母とチエを連れて慌てて家から飛び出すと、辺り一面はすでに火の海になっていて、多くの人が逃げ惑っている。その時になってチエはやっと雷ではなく、焼夷弾が落ちてくる音と閃光だと悟った。

チエたち家族も必死で炎から逃げる。逃げる途中で、焼夷弾の直撃を受け火に包まれる人を見た。恐怖のあまり足がすくんで動けない。

「チエ、しっかりするんじゃ」父の大声でやっと我に返り、どうにか気持ちを奮い立たせてまた逃げる。防空頭巾からはみ出した髪が焦げて頬が痛い。どこをどう逃げたか気が付くと用水路まで来ていた。

渦巻く炎と降って来る焼夷弾から身を守るため、人々は躊躇なく次々と水中に入っていった。チエたち家族も水に入り石橋の下に止まっていた小舟にしがみ付き身を縮めるが、小舟に付いた藻で手が滑りそうになる。そのうえ水の量が思っていたよりも多く、うまくバランスを取らないと流されそうになる。

「チエ、手を離したらいけん。しっかりつかまれ」両親のチエを心配する声が響く。用水路の両岸の家が焼け、火の粉が頭に降って来る。街中が燃えているのか水の中とは思えない熱気だ。爆撃の炸裂音で頭がくらくらする中、なんとか小舟にしがみ付き熱さと息苦しさに耐えていた。

空襲がやっと収まり、煙で霞んだ目が見えるようになって辺りを見まわすと、焼けた木や瓦礫と一緒に、被弾したり、溺れて息絶えた人が水に浮かび、この世とは思えない。しばらく呆然としていたが、体に力を入れてなんとか岸へ上がると、そこにも無残な姿になった男女の区別もつかない黒焦げの犠牲者がたくさん横たわり、瓦礫と化した町の凄惨な光景が広がっていた。

空襲の間はチエの名前を呼び励まし続けていた両親だが「えれーことじゃなぁ。えれーことじゃ」と同じ言葉を繰り返している。辺りの凄まじい破壊の有様にほかの言葉が出ないようだ。

チエは迫りくる死の恐怖からは解放されたものの、この惨状を目の当たりにして、本当に自分が生きているのか、夢なのかはっきりしない。ふと、あんなに一所懸命に訓練したバケツリレーなど何の役にも立たなかったと思うと、笑っていいのか、泣いていいのかわからない気持ちになった。

ようやく自宅があったと思われる方向へ歩こうとするが、方々でまだ炎が燻っている。あちこちから生き残った人々の叫び声が聞こえる。煙の向こうには真っ黒に焦げた天満屋百貨店の無残な姿が見えた。

チエの家も炭の塊になっていた。夏休みになるとやってくる従兄たちと背比べをした柱も、晴着も何も残っていない。全てもう二度と見ることも触ることもできなくなった。「鬼畜米英」などと言っても今ひとつ実感がなかったチエだが、空襲のこの惨禍の中に、初めて敵国を心から憎む気持ちを持った。

戦火により壊滅した町は昨夜まで生活していた町とは全く違う場所になっていた。

焼け出されたチエたちは暫く炊き出しなどで凌いでいたが、鉄道が動き出すのを待って山間の村へ疎開するため駅に向かった。

岡山駅に着くと駅舎はかろうじて残っているもののあちこち鉄骨が焼けてむき出しになり、コンクリート片が飛び散り、かつての楽しみと冒険の入口も惨憺たる有様だった。

ようやく汽車に乗り、車窓からの景色を見ても今までとは違い何の感慨もないまま、どうにか山間の村にたどり着くと、伯父と伯母は疲れ切ったチエ一家の顔を見るなり「岡山市内が空襲でてーへんなことになったと聞いとったんじゃ。三人とも無事でよかった。よう生きとってくれんさった」と、チエの手を取りわんわんと泣く。


空襲から一か月半後、山間の村の村長の家の庭先に村人が集まっていた。

村長の家のラジオからザーザーという音と一緒に流れる声の持ち主は、写真でさえ正面から顔を拝むことができない人だった。その人が話す声を聴くことになったということは、日本にとんでもないことが起こったのだとチエは思った。そして日本が戦争に負けたと大人たちの会話で知らされた。負けて悔しいはずなのに、戦時中は瓶に閉じ込められているような息苦しさを感じながら生活していたが、これからはもう少し自由に暮らせるのかもしれないという思いが湧き起こり、何となく解放された気持ちになった。

しかし、大人たちは日本の敗戦の衝撃で呆然として、無言のまま重い足を引きずるように自宅に引き上げた。

玄関の上がり框に膝をつき、それまで堪えていたのか伯母が急に大きな声で泣き出した。

「日本が負けたんなら、満州はどうなるんじゃ。満州へ行った英夫はどうなるんじゃ。五月に満州に入って、たった三か月しかたっとらん。へじゃのに戦争に負けたって。あの子たちはどうなるんじゃ。十五やそこらの子どもが、遠い遠い満州に取り残されるんじゃ。何のために行ったんじゃ。向こうに行きゃ地主さんみてぇにええ暮らしができるとか言われて。たった三か月じゃ」

伯母の泣き声は最後の方は言葉にならなかった。

「お母ちゃん、子ども相手に向こうの人らも惨いことはすまい。戦争が終わったんじゃから英夫はすぐに帰ってくるに決まっとる。はよ、涙を拭きんせい」

昭夫が泣き崩れる伯母の背中をなでながら必死でなだめている。伯父は昭夫と一緒に伯母をなだめてから、仏壇の前に座り手を合わせ何事か呟き、縁側へ移り胡坐をかいた。そして、ヤニで元の色がわからない程茶色くなった煙草盆を自分の方に近づけ、手慣れたしぐさで丸めた煙草の葉をキセルにぎゅっぎゅっと詰め込む。シュッとマッチを擦って火をつけ、一喫みしてから話し出した。

「たしかに英夫は子どもの時から無鉄砲なところがあって、外国へ冒険の旅に出たいなどとやっちもねぇことを言いよった。じゃけど、だんだんと成長するにしたがって、自分の家の貧しい暮らしのことがわかってきて、少しでも家のためになりてぇと思って満州へ行ったんじゃ。わしらにしても学校の偉いさんや教師になんぼええこと言われても、満州なんぞ外地の遠いとこへ十五の子どもを喜んで出す親はおらんわ。へじゃけど、戦争中は大人も子どもも国のために働いて当たり前、そのうえ、満州じゃ広い土地をもらえて地主にもなれるんじゃと、あないに熱心に言われりゃ子どもを出さないけんような気になってしもうた。まさか日本が負けるとは」

伯父は吸いかけのキセルを盆にカンという音とともに勢いよく打ち付け、悔しそうに上を向いた。

「英夫は要領がええし、誰よりもすばしっこい。戦争が終わったんならきっとすぐに戻って来るにちがいねぇ」

昭夫がその場にいた全員を元気付けるような明るく大きな声で言った。

昭夫の言葉を聞いたチエは、そうじゃ、英夫ちゃんは帰ってくる。そしてきっとたくさんの冒険談を聞かせてくれるにちがいないと思うと、少し明るい気持ちになった。

父が先に岡山市内に戻り、住処を整え母とチエを呼び寄せたのは山間の村に早い冬がやって来ようとする頃だった。

チエはすぐに英夫が戻って来るものと信じていて、英夫の顔を見てから自宅に帰るつもりでいたが、学校も再開されることになったため、それもかなわず山間の村から岡山駅に戻ってきた。

汽車が駅のホームに着くと、英夫を見送った時のことが思い出され、どこかに英夫の姿はないかと探してみたが、英夫がそこにいるわけもない。

駅の構内には空襲で親を失った戦災孤児や家をなくした多くの人がうつろな目つきで、すすけた暗い顔をして所在なさげに座っていた。チエはその様子を見て国が戦争に負けた惨めさをいやというほど思い知った。


戦後の世の中はひどく混乱し、苦しい生活が続いていた。

しかし、チエは英夫のことは決して忘れなかった。毎朝、登校前に近所のお地蔵さんにお参りに行くことは、チエのかかさない日課となっていた。

早朝に玄関を出ようとしたところで母に声をかけられた。

「チエ、日限り(ひぎ)のお地蔵さんを拝みに行くんじゃろ。霜が降りて滑って危ないから気を付けて行きんさい。お地蔵さんも早ようチエの願いをかなえてくれりゃええんじゃけどな」

「お地蔵さんもぎょうさんの人が拝みにくるから忙しいんじゃ。うちの順番が早よう来たらええんじゃけど。でも、お地蔵さんはあの空襲で建物が焼けても瓦礫の中に無事に立ってなさったんじゃ。英夫ちゃんにも御守を持たせたし、きっとうちの願いもかなえてくださると信じてるんじゃ」

チエはそう言って、日を限っては、この日まで、この日まで、と、何度も願をかけ直した。

お地蔵さんに向かう参道の石畳は数え切れない先人たちがそれぞれの願いを胸に抱いて踏みしめた道。石畳を歩く時、先人の思いがこもったその道がチエにはひときわ尊く思われた。そして、きっとお地蔵さんに導かれて英夫は帰って来るとの思いを胸に石畳を踏みしめ願をかけ続けていた。

チエの願いがかなわないまま終戦から一年が過ぎた昭和二十一年の秋、山間の村では戦後初めての秋祭の準備に追われている頃、英夫と一緒に満蒙開拓青少年義勇軍の一員として満州に渡った仲間の少年が、えんじの地色に黄色の菊の花の柄がついた御守袋を手に携えて英夫の家を訪ねて来た。

英夫の両親の前に小さく体を丸めて座ったその少年は、終戦から一年が過ぎてやっと満州からの引き揚げ船に乗ることができ、故郷の岡山まで帰って来たと言った。痩せこけていて力なく、何か言いたげだがすぐには言葉が出ない様子で、しばらく沈黙した後にかすれる声でとぎれとぎれに話し出した。

「英夫は……いや、英夫君は、皆の人気者じゃったんです……満州の訓練所に着いてしばらくして、隊のみんな……岡山が……家が……恋しゅうて、混沌病（ホームシック）みてぇになって元気がなくなった。そん時に英夫が……盆踊りでも踊ろうやと言いだして即興で手拍子で音頭を取って、おもしれぇ踊りを踊りだしたんじゃ。そしたら皆、笑い転げて一気に元気が出たんです……今でも英夫の大けぇ笑い声が聞こえるようじゃ……」

満州での英夫の思い出を話した後、少年兵部隊がどうやって大陸に渡り、そして終戦を迎えたのかを語り出した。

「昭和二十年の二月に岡山を出発して、水戸市の訓練所に着き、そこで三か月間の実習を終えた僕ら満蒙開拓青少年義勇軍部隊は、五月の初めに満州を目指して汽車に乗りました。内地の移動中は空襲のせいで、何度も汽車が止まったり動いたりしながらも何とか博多に着いたんです。博多港から護衛艦付の大けぇ船に乗ったんですが、いざ乗船する時にゃ、これでもう日本の土地は踏めんかもしれんと思うと……恐ろしゅうて……悲しゅうて……みんな顔を隠して泣いとりました。やっとの思いで船に乗り込んで海を渡り、釜山港に着いてからは、朝鮮鉄道の汽車に乗せられ朝鮮半島を北上してから、南満州鉄道の汽車に乗り継ぎ、奉天やらハルピンやら何回も汽車を乗り換え、向こう岸が見えんような大けぇ川を渡ったり、広うてさえぎるもんのない平野の中を走り続けて、それは、それは、長え距離を運ばれたんじゃ。汽車が進むごとに内地から遠くなると思うとせつのぉて……僕らが暮らすことになるソ連国境近くの鉄驪（てつれい）訓練所に着いたのは、水戸の訓練所を出てから八日も過ぎとったんです。五月っちゅうのに内地とは比べもんにならん寒さじゃった。せじゃけど鉄驪ちゅうところは内地とちごうて広大で食料も豊富にあって、到着してからすぐに農作業やなんかの訓練を順調に続けとったんです。じゃけど、三か月後の八月半ばになって日本が戦争に負けたっちゅう伝令が届いたんです。じゃが、誰もそげなこと信じとらんかったら、いきなりソ連軍が戦車に乗って訓練所に進攻してきたんじゃ。それで僕らから武器やら何やら全部取り上げていって……ソ連兵はそらぁ大きゅうて、ぼっけぇ怖かった。それから……引率の先生や軍の上官も連れ去られて……僕らだけが丸腰で残されたところに今度は……地元民が襲ってきよったんです……その時に、……君と……君が犠牲になって……もとはと言えば地元民の土地に僕らが勝手に入って行ったようなもんじゃから、怒るのも無理もないことなんじゃが……」

少年はよほどのつらい記憶なのか、犠牲になった仲間の名前をはっきり言うことができず、体をこわばらせ当時の記憶を無理矢理に思い出しているようだ。そして、しばらくして続きを話し出した。

「その後、ソ連軍は僕らみたいな子どもは役に立たんと思うたのか、僕らの隊は荷物みたいに貨車に詰め込まれ、また何日もかかって満州国の首都の新京(しんきょう)（現在の中国の長春市）まで運ばれたんじゃ。新京に着くまでには……また……仲間の何人かが犠牲になってしもうた……満州に取り残された開拓団の日本人……女の人や子どもらが……惨いことになっとるのも見ました。思い出すと胸が苦しゅうなるんじゃ……」

そこで額に皺を寄せ目を閉じて、苦しそうな顔でしばらく沈黙が続いた後に続けた。

「苦労して何とか新京にたどり着いたんじゃけど、新京でも日本人の社会は崩壊しておりました。頼みの日本軍もすでに移動した後で、ソ連兵や地元民の暴徒から身を守りながら、自分らでどうにか住処と食べ物を確保して帰国の機会を待たねばならんかった……僕らは満州で地主になれるとか言われて行ったんじゃが、たった三か月で見捨てられたんじゃ……それから内地では考えられんような厳しい冬を生き抜くために隊は西安っちゅうところに移動して、炭鉱で働くことになりました。炭鉱での仕事はえれぇ重労働で……食べ物も少のうて、栄養失調やチフスやらの伝染病で……多くの仲間が命を失いました……」

またいったん話を切り、うつむいたまま握りしめたこぶしを見つめてしばらく黙っていた後で語り出した。

「英夫は……やっと四月に入って、厳しい冬が終る頃に炭鉱の落盤事故に巻き込まれたんです。近くにおった仲間がどうにか助けられまいかと何日間も懸命に探したんじゃ。じゃけど……仲間の目の前におったはずの英夫の姿が……どうして……も……どこにも……見つけられんで、英夫が……いつも大事に持っとった御守袋だけが落ちとったんです」

そこまで何度も涙で声を詰まらせながら話した義勇軍の仲間は、英夫を満州に残したまま自分は生きて帰って来て申し訳ないと、英夫の両親に頭を下げ続け、一度も顔を上げることなく帰って行った。

義勇軍の仲間が英夫の家を訪れた数日後、チエは山間の村に来て英夫の野辺送りに参列している。野辺送りと言っても送られる主の髪の毛一本もない。

「チエちゃん、このチエちゃんの晴着で作ってくれた御守を英夫はいっつも大事に身に着けていたんじゃと思う……チエちゃん、英夫のことを忘れんでおってな。この御守はこれからチエちゃんが持っててな」

伯母が憔悴しきった顔でチエに御守袋を手渡した。その御守袋を見ると確かにチエの晴着だった。えんじの地色に黄色の菊の花、チエが好きな柄。しかし、ところどころほころびて、汗のようなしみや泥がこびりついている。首からさげられるように付けた紐もなくなっている。チエはしばらく御守袋を握りしめて立ちすくんでいた。

その横で伯父が伯母をたしなめている。

「チエちゃんはこれから大人になって、チエちゃんの人生を生きていかないけんのじゃ。いつまでも英夫に縛りつけたらいけん」

「せじゃかて、英夫はチエちゃんのことをほんまに大事に思うとったんじゃ。地主になったら満州にも呼び寄せたいと思うとったにちがいねえ。チエちゃんには英夫のことをいつまでも忘れんでいてほしいだけじゃ。それに誰も英夫の最後の姿を見とらんのにこげな大けぇ葬式なんか出して……」伯母の涙声が響く。

「あの義勇軍の仲間の話を聞いたらお前にもわかるじゃろう。英夫がどうなったか。区切りをつけないかんのじゃ」

伯父は自分自身に言い聞かせるように大きな声で言った。


山間の村で行われた英夫の葬式から帰って来てからも、チエのお地蔵さんへのお参りはしばらく続いた。

両親もチエのお参りを敢えて止めようとはしなかったが、心配そうな顔で「気を付けて、行ってきんさい」と送り出した。その心配そうな顔の母にチエはいつもこう言って出かけた。

「満州の炭鉱では英夫ちゃんの最後の姿を誰も見ておらんで義勇軍の仲間も言うとったそうじゃから、もしかしたらと思うんじゃ。そんならお地蔵さんに、はよう英夫ちゃんを返してほしいと頼まんといけんから」


戦後の復興が急速に進み出すと、焼け野原に建てられたバラックが家に建て直され、町の姿も徐々に変わっていった。時が流れるにつれ、少しずつ、ほんの少しずつだが、チエの心も変化していった。空襲を受けた時にあれほど憎んだ敵国の文化が入って来ても不思議とすんなりと受け入れてしまった。また娘らしいおしゃれなどに気を取られるようになった。

以前は幸福な時を止める術はないと、時間というものを残酷に思っていたチエだが、今はその時間という誰にも止められないもののおかげで、心の折り合いを徐々につけていった。そして、英夫に関しては諦めの気持ちのようなものができていた。

「チエ、お父さんの仕事を手伝うてくれる人が、日曜日に来んさるから家におってな」

母にそう言われてなんとも思わなかったチエだが、当日、座敷にお茶を出すように言われたところで見合いだと気が付いた。初めは戸惑ったチエだが、気安く話すことができ、また、両親も気に入っている相手でもあり、とんとん拍子に話が決まり結婚することになった。

以前、山間の村で伯母に「すぐにお嫁に行けそうじゃ」と言われて何だか気恥ずかしかった自分が、本当にお嫁に行くとなると妙な気がした。そして結婚後は、続けて子どもたちにも恵まれた。

日本の敗戦からの完全復興の象徴のような東京オリンピックや、その数年後には大阪で万国博覧会も大々的に開催された。チエも子育てや母に仕込まれた裁縫の仕事をこなし、忙しくとも平和で幸福なうちに不思議なほど月日は早く流れた。事あるごとに英夫のことは思い出していたものの、仕方がないことだが、子どもたちという目の前にいる自分の分身のような存在に関心が移っていた。

しかし、ある年、家族旅行で宇野からの連絡船に乗ろうとした瞬間、足が止まった。楽しいはずの旅行なのに英夫が満州へ渡った時に博多港から釜山行きの船に乗ったことを急に思い出し、もし、自分が英夫なら、この船に乗ると二度と日本の土は踏めないかもしれないと思うと足が震えた。その様子を見ていた子どもたちが「お母さん、船がこわいんじゃろ」と笑っている。「そんなことありゃせん」と笑顔で答えながら、英夫はこんなつらい思いをして渡満したのかと思うと胸が痛くなった。チエは今の自分の幸せと比べて申し訳ない気持ちでいっぱいになった。

また、毎年六月が来ると大空襲の多くの犠牲者のことを思った。生きたくても生きられなかった人たち、それぞれ大切な命や生活があった。それがあの一時間二十四分間に永遠に帰らないものになった。生き残った自分は犠牲者たちに謝りたいような気持ちが込みあげてくる。

幸福で平和な日々を送っていると反対に後ろめたさが募っていくようだった。

昭和四十七年、日本と中国の国交が正常化されることになった。中国から友交の印に貸し出されたパンダがテレビに映し出されるとチエの子どもたちも口々に「上野動物園に連れて行ってほしい。本物のパンダを見たいんじゃ。パンダ。パンダ」とうるさくせがんだ。また国交正常化に伴い、終戦後も中国に取り残されている多くの中国残留邦人が帰国できることになったことも新聞やテレビの報道で大きく取り上げられた。

チエが中国在留邦人の新聞記事を読んで、もしやと思っていたある日、山間の村の伯父から興奮した口調の電話があった。

「もしもし、チエちゃんじゃな、満州、いや、中国に残されとる日本人のことをテレビで見たんじゃが、英夫と同じような年恰好の人もぎょうさんおるようじゃ。昭夫に言うたら、英夫は落盤事故で死んだんじゃから、もうあきらめろっちゅうんじゃ。けど、あげな葬式を出したもののわしにはどうしてもそうは思えんのじゃ。もし行けるもんならすぐに中国に行きたいくらいじゃ」

焦って口早にしゃべる伯父の声が掠れる。若い頃には大声で話し、豪快な笑い声をあげていたが、最近ではだんだんと弱々しい声になっていた。その伯父をチエは落ち着かせようとつとめてゆっくり話す。

「伯父さん、うちも気になっとったところじゃ。それで新聞やテレビのニュースをいろいろ見たんじゃけど、英夫ちゃんみたいな人は残念ながらおらんかった。もし、英夫ちゃんがおったら一番に名乗りを上げて帰ってくるじゃろ。もしかしたら、なんか事情があるかもしれん。もう少し待ってみるほうがええかもしれんと思うんじゃ」

伯父の気持ちを推し量りながらチエが返事をすると「そうじゃな。言えん事情があるかもしれんな……」と、チエを困らせまいと思ったのか、寂し気な口調で伯父は電話を切った。チエは高齢になった伯父や伯母の気持ちを考えると不憫に思えてならなかった。

昭夫は戦後しばらくして夜間学校へ行き直し、戦争という過ちを繰り返すことのないように子どもを教育する必要があると、そして、弟の英夫のように悲しい思いをする子どもが二度と出てこないようにという思いから教師になっていた。その昭夫も中国残留邦人のことがニュースに出ると、高齢になった両親がテレビに顔を擦り付けるようにして画面を見たり、新聞が破れるほど何度も何度も記事を読み返しているのを見るに忍びなく、方々へ問い合わせいろいろと調べた結果、英夫に該当する人物はいなかったと知らされていた。

その後も何十年間に渡り多くの中国残留邦人が日本に帰国しているが、英夫の姿を見ることはついになかった。


子どもたちが成長し、両親や伯父、伯母を見送り、次には孫が生まれ、嬉しいことや悲しいことを日々繰り返しながら、チエは昭和から平成、平成から令和の時代を生きてきた。

今ではすっかり足腰が弱くなったチエは、家族に一人での外出を止められていたが、動けるうちにもう一度見ておきたいと、こっそりと岡山駅に来ていた。

子どもの頃、英夫たち兄弟は町への、チエには山間の村への楽しい冒険の入口だった駅。戦時中は暗くて悲しみのいっぱいつまった建物に思われた駅。そして敗戦の惨めさをいやという程思い知らされた駅。今はその頃の外観とは全く変わってしまい、正面には天まで伸びるような高いエスカレーターが設置されてたくさんの人が忙しげに昇り降りしている。駅ビル内には土産物店やコンビニエンスストアなどが軒を並べている。英夫が言いそうな、町の女の人の匂いがする外国製のいい香りの化粧品を扱う店もある。

チエは様変わりした駅の、七十五年前に旅立つ英夫を見送った同じホームのベンチに座っている。

英夫を見送って、二、三歩しか歩いていないような気がするが、すでに数え切れないほどの歩数を重ね七十五年も過ぎてしまった。けれど、心はいつもこのホームにあったように思える。

ホームの下、まっすぐに伸びた二本のレールだけはあの時のまま変わっていない。このレールの上を運ばれて行って英夫は二度と戻らなかった。

七十五年前のあの日は軍歌や万歳の声が鳴り響いていたが、今は行き先や到着時刻を告げるアナウンスがひっきりなしに流れている。チエがホームのベンチに腰かけているほんの数分間にもいろいろな色に塗られた電車がホームを出たり入ったりしている。一番端のホームを見ると英夫たち兄弟とチエが乗って行き来していた山間の村へ通じる黄色の普通電車が止まっている。

どの電車かに英夫が乗って帰ってくるのではないかと目を凝らしてあちらこちらを見てみた。学校帰りの中学生たち、ちょうど満蒙開拓青少年義勇兵と同年代の少年たちの姿がたくさんあった。電車から勢いよく降りてきた活発そうな男子中学生の顔が英夫に似ているように思えた。

　この子たちは、この場所から十五歳や十六歳で遠い満州まで連れて行かれて、七十五年たった今でも帰れないでいる多くの少年がいることなど知らないのだろうと思った。東京では二回目のオリンピックが開かれようとしているこの平和な時代には、そんな悲しい思いをした少年たちや今でもその少年たちを待っている家族がいることなど知らない方がいいのかもしれないとも思った。

「英夫ちゃん、うちも今年で八十八じゃ。腰も曲がって、えらい婆さんになってしもおた。ここに来るのもきっとこれが最後じゃ。今は子どもや孫に大事にされて幸せにしとるけど、やっぱり心残りは英夫ちゃんじゃ。英夫ちゃんのことじゃから落盤事故を抜け出して、自由に世界中を走り回ってからひょっこり帰って来ると思えてならなんだ。けど最近思うんじゃ、英夫ちゃんの帰りを待っとるのはうちじゃと思おとったが、今はあの世の英夫ちゃんを待たせとるのかもしれん。ふふふ。そろそろ迎えに来てほしいんじゃけどなぁ。今度会う時は出発の時に何を言いたかったんか教えてな。満州での冒険話も楽しみにしとるから」

　そう呟いたチエは、首に掛けた英夫の代わりに満州から戻って来た御守袋にそっと触れてから、ゆっくりと杖に体重を移して立ち上がり駅を後にした。

## 参考文献


『大地の青春――元満蒙開拓青少年義勇軍　杉山勝己の生きてきた道』青木康嘉著　岡山・十五年戦争資料センター
『満蒙開拓青少年義勇軍大久保中隊』興安会
『小見山輝歌集』小見山輝著　砂子屋書房
『創立百十周年記念誌』坂本小学校創立百十年記念事業実行委員会
『わたしと西川〝6・29〟私の見た岡山大空襲』川野辺郁著　文芸社
『ふきやの話――伝統と文化の街』長尾隆
「岡山空襲展示室」岡山シティミュージアム　https://www.city.okayama.jp/
「戦争・戦災体験記」岡山市　https://www.city.okayama.jp/
「岡山市における戦災の状況（岡山県）」総務省　https://www.soumu.go.jp/
「満蒙開拓青少年義勇軍」フリー百科事典『ウィキペディア』　https://ja.wikipedia.org/wiki/
「岡山・十五年戦争資料センター」　ojsc.sakura.ne.jp/

《優秀賞》

# 糸

馬場友紀

著者略歴
馬場友紀（ばば・ゆき）
昭和四十七年九月一日　東京都生
共立女子大学卒業
現　職：主婦
受賞歴：第十三回・十四回　岡山県「内田百閒文学賞」優秀賞

信子のもとに徴用の通知が舞い込んだのは昭和十九年三月のことだった。来月から倉敷の被服工廠で働くようにとのこと。これは男の人に来る召集令状と同じ類のものらしい。ついでに、この通知は独り身の女にしかこないもので、どうも近所では信子にだけ来たらしい。お上から直々に「嫁き遅れ」と念押しされたわけで、いささかげんなりした。

街を歩けば色々な標語が胸に刺さった。「産めよ殖やせよ国のため」「二十歳までに結婚しませう」

女学校時代の同級生たちの多くは在学中に婚約し、卒業するとすぐに嫁入りした人が多かった。信子の場合も女学校四年くらいに、いくつか縁談があったが、兄の出征中には大事なことは何一つ決められない、と断っていたし、五年生の夏に兄が戦死してからは悲しみと衝撃でそれどころでなかった。

その後は、女学校併設の家政学専修科に進学した。縁談は在学中に一つだけあったが流れてしまい、信子は昭和十七年三月に卒業した。折悪しく十六年末の真珠湾攻撃以降、戦線は拡大の一途をたどり、適齢期の若い男たちが次々と徴兵されてしまう御時勢になっており、以来、縁遠いまま今に至っている。

信子の工場勤めの日々が始まった。

勤め先は倉敷の被服工廠で、工場をあげて軍服を作っている。信子が配属されたのは布を切る裁断部だった。職人さんが、油圧式裁断機を駆使し、前身ごろ、後ろ身ごろ、袖、襟などを規定の形に切り取っていく。その布地を大きさ別に集めて台車に乗せ、担当の縫製部に届けるのが主な仕事だ。うずたかく積み上げられたカーキ色の布地が、裁断機にかけられ切られていく様は、巨大なカステラが切り分けられていくようで面白かった。そのほか手が空いた時は、事務所で伝票や送り状を書いたりもするし、月に数回不定期にボタン付けの部署に派遣されたりもする。

働き始めてからは、毎日目の粗い生地を触り続けるせいで、手は荒れてしまったが、心は軽かった。自分はここに居ていいのだと思えるからだろうか。

何しろ嫁き遅れというのは本当に居場所がない。同年代の女の人たちは、大抵結婚していて、子育てで忙しい。なんだか自分だけ呑気に習い事をするのも気が引けて、それまで続けていたお琴もお花もやめてしまった。

特に気が重かったのは、出征兵士の見送りである。見送りは多い方がいいということで婦人会から頼まれて三日と置かずに駆り出されていた。戦地へ赴くというのはめでたいこととされてはいたけれども、顔見知りの誰かが明日をも知れぬ命になるわけで、日の丸を振って見送る時には一様に胸を締め付けられた。そして帰りにも憂鬱の種があった。おばさん方に捕まると世間話になるが、これがなんだかお説教に聞こえてしまう。

「あれ、まだ嫁にいっとらんかったん？」

「同級生の誰々が、この間三人目を産んだ」

耳の痛いことを、駅から家までの二時間ほど延々と聞かされた日には、気力体力とも削がれてへとへとになり、食事ものどを通らなくなった。一行の中に小さい男の子がいる時は「よーし。小母ちゃんと鬼ごっこしよう」と誘い掛け、走って戻るという荒技が使えたが、そうできる時ばかりでもなかった。

工場で仲良くなった八重子さんに昼食の時、ふとその話をすると、膝をたたいて同意してくれた。

「それ分かる。ほんまにそう。見送りの日は前の日から落ち込んだが」

一つ年上の頼れる姉御という感じで、なんでもてきぱきこなす八重子さんのような人でも、やはりそうなのだと思うと、信子はなんだか安心した。

「でも、信子さんはまだまし。嫁き遅れとるだけじゃもの。私なんか、ほら、出戻りじゃけえ、家でも居場所がないん」

「そうだったんですか」

てっきり自分と同じ嫁き遅れた口と思い、悪いことを聞いてしまった。信子は申し訳ない気分になったが、八重子さんはハエを払うようにぱっぱと手を振って笑った。

「気の毒がらんでええって。わたしは自分で嫁ぎ先から出て来たんじゃ。夫に三行半突き付けてやった。堂々たる出戻りなん」

道理でなんとなく世慣れているというか貫禄がある感じがしたのだ。

「でもな。両親からも兄家族からも腫れ物扱いじゃし、甥や姪にまで気を遣われて申し訳なくてなあ。ずっと家にいるのはつらいなあと思いよった。じゃけえ、毎日通うところができて、ほんまに息がつけるようになった。毎日鉄道にも乗れるしな。それに初めて自分の名前のお給料袋をもらった時には、嬉しくて涙が出た」

「わかります。私もです」

信子は大きくうなずいた。八重子さんは、生き生きと語った。

「私はな、この徴用はええ機会じゃ思うとる。働ける限り働いて、お金をためて、これを元手に家から出たいんよ。できれば東京か大阪に出て上の学校に行きたいん。ちゃんと勉強して、学校の先生になりたいんよ。尊敬する先生がおってな。近藤先生言うんじゃけどな、あの人みたいになりたいなって思うとるん。結婚なんてまっぴら。一生一人で自活して生きていくん」

話にうなずきながら、信子には焦る気持ちがむくむくと湧き上がってきた。同じ境遇だとばかり思っていたのに、八重子さんは一周先を行っていたのだ。しかもこれからのこともきちんと考えている。そういう颯爽とした生き方に憧れもあるが、自分には一生一人でいいと腹をくくることはできそうになかった。できれば誰かの妻になり子どもを産み育てるという人並の家庭を築きたい。だが若い男が皆戦地へ行ってしまう今、これはたやすいことではない。信子の場合、婿養子に来てもらえる人という条件が付く分、状況はさらに厳しい。このまま戦争が終わらず、三十歳になっても四十歳になっても、このままだったらと思うと、身がすくむ思いがする。

八重子さんはしんみりと言った。

「でも、私らの女学生時代は気楽じゃったなあ。今の女学生はほんまに気の毒な」

今どこの学校も勤労奉仕優先で授業は二の次らしい。信子が女学校五年の四月に武道の授業が始まり、それだけで戦争が学校の中にまで来たと驚いたものだが、いまや主客は逆転している。母校の制服はセーラー服だったが、プリーツスカートが布を使いすぎるとかで、モンペに変更されたという話を聞いている。

工場の食堂には岡山一女、倉敷高女など近くの女学校から勤労動員されて来た学生も多かった。工場の中ではカーキ色のスフでできた作業服を着なくてはならない。白い付け襟を真っ白に保ち奇麗にアイロンがけすることが唯一のおしゃれなのだそうだ。

「そういえば」

八重子さんは、ちょっといたずらっぽい笑みを浮かべた。

「信子さんが赤い糸を探しとるんなら裁断部に配属されたんは縁起悪いなあ。切ってとか断ってとか。毎日忌み言葉満載じゃ」

「ああ、ほんまじゃあ。あと、破れるとか裂けるとか」

信子は苦笑した。

家の中庭に作ったサツマイモ畑で草取りをしていると、来客があった。

「仲人連の中村さんが来たんよ。あんた、早う着替えて、お茶淹れてきて」

浮きたつような母の言葉に、信子は重苦しくため息をついた。

仲人連とは仲人好きの人たちの集まりで、定期的に会合を開いては手持ちの写真や釣り書きを交換しあったりするらしい。

そういえば、縁談は三年ぶりで前の縁談の相手を紹介してくれたのも中村さんだった。まとまったも同然、という触れ込みだったが、お相手が見合いの数日前に徴兵されてしまったうえ、仲人さん同士でどうやら行き違いがあって、婿養子に来てほしいというこちらの条件は伝わっていなかったことがわかり、結局、縁談自体がなくなって、それきりになってしまった。

あの時は母も腹に据えかねたようで「あの中村さんは仲人口じゃあ。信用できん」、と繰り返していたものだが、今はそんなことは忘れたように、中村さんをもてなし、お愛想を言いながら、団扇で風を送ったりしている。

中村さんは信子に笑顔を向け、荷物から大きな封筒を取り出した。

「この間の仲人連の集まりで、ええお話があったけえ、一刻も早く知らせとうてなあ。養子に行ってもええいうお話じゃったけえ、こちらさんにぴったりじゃと思うてなあ。このご縁もらったあって」

中村さんは勢いよくカルタをとるような仕草をして見せた。

「まあ、そんなにまでしていただいてありがたいわあ、なあ信子」

母に目顔で、お礼を言うように促され、信子は黙って頭を下げた。

この世のどこかに、自分の写真がカルタのように並べられ、ああでもないこうでもないと釣り書きを吟味される場があると思うと、なんだか消え入りたいような気分になってくる。このまま席を立って去っていけたら、どんなにか清々することだろうに、なんだか立ち上がれないのは、嫁き遅れの気後れゆえだろうか。

「信子さんは、ほんまに結構なお嬢様で。私はいつも一番に心にとめとるんですわ。ぜひとも私がまとめて差し上げたいと思うとりまして」

「んまあ、ありがとうございます」

「お相手は出征しとられるので、急ぐ話ではないけど、おかえりになったらすぐにでもお話をまとめられるようにと思うて」

「四男さんじゃて」

母がうっとりという。選ぶ基準はまず、それである。長男は論外。次男より三男。

「はい、どうぞ」

写真を信子に渡すと中村さんはてきぱきと説明を始めた。

「お家は成羽でな。しっとる？　なりわ。備中神楽の発祥の地。弁柄の産地。それにかの有名な木口小平の出身地でな、覚えとる？　修身の教科書にのっとった」

「はあ」

確か挿絵は戦場の光景だった。

キグチコヘイ　ハテキノタマ　ニアタリマシタガ、シンデモラツパヲクチ　カラ　ハナシマセン　デシタ。

次の頁は隣の家の障子を破ったことを素直に謝る少年の話で、なんとなく、右ページの戦場の絵の砲弾が、左ページの家の障子を破ったように見えて、面白かったのを覚えている。

「実はこの人、ご親戚にあたるんじゃと。信子さん。どうかしら？　そのお写真見て、どう思う？」

「いや、どうでしょう」

信子は背広姿のお相手の写真をしげしげと見た。

成羽。木口小平。そして、この丸顔。なんとなく覚えがある。

「この人、どこかで会ったような気がします。どこじゃったか」

「おやおや、これはこれは」

中村さんは、母のほうを見て小さく拍手した。

「これは赤い糸かもしれん。まとまるかもしれんよ」

きまり悪くて、信子は顔の前で手を振ったが、中村さんも負けずに手を振った。

「いえいえ。私はな長いこと仲人しとるから、わかるの。赤い糸でつながっとるとな。そういう気持ちになるん。どこかで会ったとか、懐かしいなあとか」

気持ちではなく、本当に会ったことがある気がするが、いつ、どこでだったか思い出せない。だが、そう言い張るのも言い訳めいて照れくさい。

写真を返そうとしたが、中村さんは笑顔のままそれを押しとどめた。

「この顔少しやせたら坂東妻三郎に似とると思わん？　実業学校を出とられてな。ご家族の話では、そのうち自分で事業を起こしたいなあと思っておられたそうなんじゃ」

母がすかさず合の手を入れる。

「そりゃあええですな。一国一城の主になる気概があるお人なんじゃな。男の人はそうでないと」

中村さんは得たりとばかりに大きくうなずいた。

「そうなん。ぜひ外地に行って一旗揚げたいという夢をな……」

聞いたとたんに母の顔から、すっと笑顔が消えた。あわただしく、持っていた釣り書きをたたむと、中村さんの前にずいっと置いた。

「このお話なかったことにしてください」

その急な変わりように、中村さんはうろたえて信子を見たが、信子にも理由は見えず首を傾げた。母は怯えたような表情で、かぶりを振った。

「外地へ行きたがる人はいけません。それだけはいけません。持って帰ってください」

「はあ、でも今は外地のほうが景気がええゆうし、若い人は……」

「いいえ」

「せめて、お父様にもご相談を」

「いいえ」

母は遮るように言い、きっぱり首を振った。

「この子の兄が外地で戦死しとります。そんな遠いところには……絶対にやりません……

外地だけは、それだけは……絶対に」

母は袂から袖を出し涙を拭いた。

「すみません。取り乱してしもうて。これに懲りずお願いいたします」

そうか。そういう理由なら仕方ない。信子は持っていた写真を釣り書きに重ね、一礼した。

二人で中村さんを送り出した後夕食の支度の時にも、母は繰り返した。

「信子。あんた、外地に嫁に行きたいなんて思わんじゃろ。これっぽっちも思わんな」

その勢いに押され、信子も首をすくめたままうなずいた。


写真の男にどこで出会ったのかを思い出したのは、その日の夜、布団に入ってからだった。そう。駅で会うたんじゃ。一旦きっかけがつかめると、その光景をありありと思い出すことができた。確か、倉敷の叔父さん達がうちに来て、帰りに駅まで見送った時だ。切符売り場の前には長い列ができていて、信子は四人分の切符を買うべく並んでいた。前が背中の曲がったお婆さんで、その前に背嚢を背負った軍服姿の三人組が並んでいた。彼らはどうやら、戦友の遺骨を届けに来た帰りらしい。

右端の男が、戻って遺族の人に何かを言おうとしていて、それを他の二人が止めていた。

「今からそんなこと言うて何になりゃあ」

「でも、それまでチェッコ打っていたのはわしです。ほうじゃけえ敵が打ち返してきよった。なのに交代したばっかりのあいつが」

「じゃけえなんなら？　わしゃその間、隣でずーっと撃ち続けとった。そんで今でもぴんぴんしとるぞ。お前わしにも弾に当たって死ねいうんか？」

「そういうわけじゃあ」

「それとも、お前、自分が木口小平の親戚じゃけえ、自分が当たるべきじゃったとでも思うとるんか？」

右端の男は押し黙り、先輩に盛大に頭をはたかれていた。

「んなわけあるかい。阿呆が。忘れろ。いちいち気にしとったら、身が持たん」

ようやく窓口の順番が来るという時、右端の男はやはり耐え切れなくなったらしい。

「やっぱり行ってきます」

そう言いながら、突然身をひるがえして走りだそうとしたので、すぐ後ろに並んでいたお婆さんと、その後ろの信子をまとめて突き飛ばす形になった。

「すんません。ほんまにすんません」

丸顔の男はうろたえてお婆さんを助け起こし、信子に向かっても頭を下げた。すかさず先輩に「阿呆が」と頭をはたかれ、そのまま改札に引きずられて行った。その先輩は「早う成羽まで帰るぞ」と怒鳴っていた気がする。

丸い顔。成羽、木口小平の親戚。今日の写真の人は、あの時に右端にいた人ではなかったろうか。今日は運命的な再会を果たしていたのかも。だから写真を見た時になんとなく懐かしい気がしたのかも。

「これは赤い糸かもしれん」中村さんの声が耳に嬉しくよみがえり胸が高鳴ってきた。名前だけでも確かめておけばよかった。もう会えんのかな。でも、もしかして。信子はせつない気持ちで眠りについた。

なんだかフワフワとした幸せな気持ちは次の日の朝も続いていた。その日は、朝からボタン付けの部署へ行くように指示されたのだが、それも「切る」部署から離れられるという、何か天からのお告げのような気がして、信子は夢見心地になった。

ボタンの作業所では三人掛けの机がずらっと学校の教室のように並んでいて、皆黙々と針を動かしている。職員の人から、軍服とボタンと針と糸を受け取ると、八重子さんと別れ、席を探した。前に来た時と同じ席が空いていたので、会釈をして腰掛けたが、ふと隣の女学生の顔を見てぎょっとした。

隣に座ったこの顔は昨日の写真の男にそっくりだった。丸顔の輪郭、実直そうな目鼻立ち。たしか、このボタン付けの部署は倉敷の女学校から来た人達ばかりのはずだ。成羽から通いはすまい。

フワフワした気持ちはシュッとしぼんだ。

冷静に考えてみたら、何年も前の駅でのことなんて、そんなにはっきり思い出せるわけがないではないか。顔の輪郭がよく似ていたから、勝手に最近会った女の子の面影とかさねて勘違いをしたのだろう。ああ恥ずかしい。勝手に赤い糸じゃと舞い上がってから。じっと見られていることに気が付いたのか、女の子がおずおずと言った。

「あの……なんでしょうか」

「すんません。なんでもないです」

信子はそそくさと作業を始めた。

真夜中の突然の音に信子は目を覚ました。その音は雷に似ていたが奇妙に長く尾をひき、やがて遠ざかっていった。なんだか不吉な胸騒ぎがして目が冴えてしまった信子は布団から出ると、水でも飲もうと台所に向かった。夜明けにはまだ間があると思ったが、台所の窓の外は奇妙に明るかった。外に出ると、生まれてこの方かいだことのないような異臭が吹き付けてきたので、信子は慌てて鼻に手を当てた。戸のすぐそばには父がいて、きつく腕組みをしたままじっと風上の空を睨みつけていた。信子も隣に立ち、えずきそうになりながらそちらを見つめた。東側の彼方に巨大な炎が上がっている。照らされた空は真っ赤に染まり、その上には真っ黒な入道雲のような煙の壁が、月あかりの中にそびえたっていた。

熱風は低い呻きのような音をたて、次から次へと波のように押し寄せてくる。一吹きごとに生臭さは変化し、何を焼いたかと考えると、ぞわりと肌が粟立った。

日本中の都市が空襲にあっていることはラジオや新聞で知っていた。東京、大阪、名古屋。だが、どこも遠い場所だ。

「岡山……かなあ」

信子が尋ねると、父はうなずいた。

「多分な。地獄の蓋が開いたみてえじゃ」

時折天を衝くような火柱が吹き上がる。その度に一瞬で目が乾き、顔が火照った。

全身を焙るような風に晒され続けているのに、体の芯は凍えていくようで、震えが止まらない。

ここから駅まで歩いて二時間ほど。そこからさらに鉄道で一時間。そんな遠い町が目の前で燃えている。目が慣れてくると、近所のあちこちに人影が見えた。家の前や畑のあぜ道などに出て、なすすべなく東の空を見ている。

その時、真っ赤な空に墨を散らしたような点が現れた。その数はどんどん増え、見る見るうちに大きくなった。遠くで誰かが叫んだ。

「敵機じゃあ。こっち来よったどー」

そこかしこに佇んでいた影があっという間にいなくなった。

信子は家の中に駆け戻った。

仏間には、すでに母がいて、兄の位牌を仏壇から取り出して頷(うなず)いたので、信子は鴨居の上に飾った兄の写真を外すため、つま先立ちをして額に手を伸ばした。額を固定していた後ろの紐がどうしても外せず、何度も引っ張りながら、信子は兄に語り掛けた。兄ちゃん。怖いよ。兄ちゃん。こんなところまで燃やされてしまうんじゃろか。兄ちゃん助けて。小さな金具が外れる手ごたえがあった。そのまま引きちぎって写真額を腕に抱え込んだ時、家ごと押しつぶすような轟音が降り注ぎ、地響きが雨戸を揺らした。信子はうずくまったまま、両手で目と耳を押さえた。

禍々しい轟音が過ぎ去ったあと、恐る恐る起き上がって、外に出てみたが、家の周りはどこも焼けていなかった。あの敵機の大群は、どうやら岡山に爆弾を落とした後、通りすぎただけらしい。母は素早く立ち直り、てきぱきと飯を炊き始めた。

「綾乃伯母さんのところに迎えに行かんと」

母の姉の綾乃伯母からは、前から疎開させてほしいという話が来ていて、すでに簞笥一竿がうちに届いている。

「心配なんは、百合子ちゃんじゃが。旦那さん出征しとるけえ子ども三人連れて里帰りしとるらしい。この間無事に四人目を産んだいう手紙をもろうたんじゃ」

「ありゃあ。大変じゃあ」

正直、従姉の百合子ちゃんは、ちょっと苦手な相手である。美人でおしゃれでおしとやかで裁縫上手。女学校を出て、すぐ銀行勤めの素敵なお婿さんをもらい、子宝にも恵まれ、と順調な人生を歩んでいて、会うたび自らの負けっぷりを思い知らされる。だが、今あの火の中を子連れで逃げ回っていると思うと気の毒でかわいそうで、泣きそうになりながら、信子は母と一緒におにぎりを作った。

両親はまだ暗いうちに、リヤカーに大量のおにぎりと薄い布団を積んで出発した。

信子は工場への休暇願を書くと駅まで歩いて行った。この時間の駅はいつも混むが、この日はごった返していた。待合室にも駅前の広場にも、焼け出されてきた人であふれていた。顔も着るものも真っ黒に煤けている。多くは目をしょぼしょぼさせ、しきりに目やにをこすっている。へたりこむ人々の間を、たすき掛けの婦人会の人がきびきびと歩き回り、タライを片手に手ぬぐいを配りつつ話し掛けて回っている。

通勤する人達が駅の構内に入るための長い列を作っていた。その中に顔見知りの人を見つけたので、信子は休暇願を託した。

「親戚が疎開してくるので、私は家に居らんといけんのです。これお願いします」

線路沿いを歩いてくる人もいて、汽車が着かないうちにも広場に人は増えていく。

しばらく伯母達の姿を探したが、それらしき人は見えなかったので、足早に家に帰った。

歩いて岡山に行った両親と、鉄道に乗った一家は岡山では行違ってしまっており、合流できたのは最寄りの駅からしばらく歩いたところだったそうだ。皆が家に着いたのはその日の夕方で、綾乃伯母さん、寛二伯父さん、従姉の百合子ちゃんもその四人の子どもも皆無事だったが、いつもは都会的でおしゃれな人達が、駅で見た人達と同じように煤けてボロボロな姿になっていたのは衝撃だった。

リヤカーの荷台からのろのろ身を起こし、足を引きずるようにして門から入ってきた人が、従姉の百合子と気付くのは時間がかかった。その衰えぶりはたった三歳年上なだけとは思われなかった。綾乃伯母さんも百合子ちゃんも、古びたわらじを履いていた。逃げる時に履いていた靴は、火から逃げ回るうちにいつの間にか脱げてしまったらしい。火傷に切り傷で血だらけの足を引きずりながら歩いている様子を、道端の農家の人が見るに見かねて、家にあった二足を譲ってくれたものだという。趣味に合わないものは一切身に着けない人達だと知っているだけに、痛々しかった。

疎開させていた箪笥の中身は、奢侈禁止令が出て以来、着られなくなった贅沢な晴れ着や七五三の祝い着などばかりだったので、父は伯父に、母は綾乃伯母に、信子は百合子に普段着を何枚か融通した。乳飲み子の武のおむつの数が足りず、浴衣を断って縫いなおしたりもした。

配給受給の手続きも終わり、皆だんだん新しい暮らしになじみ始めた。幸い百合子の乳の出もよく、乳飲み子の武も毎日元気に泣き声を上げている。五歳の清と三歳の典子はなかなかのやんちゃぶりを発揮し、毎日納屋から大小のタライや笊やら筵やらを持ち出して水遊びではしゃいだ声を上げていた。

ただ心配なのは八歳の光子で、疎開してきて以来一言も口をきかなかった。近くの小学校に転校の手続きをとったが、まだ一度も通っていない。毎日何をするわけでもなく、部屋の隅で膝を抱えていたり、ごろごろ寝転びながら髪をなめたりしている。きちんと挨拶しないことを百合子に叱りつけられてからは、食事の際にも顔を見せなくなった。

仕方なく綾乃伯母さんがおにぎりを作って、それを部屋に持っていくようになっていたのだが、それを苦々しく思っていた百合子ちゃんが、日曜の夕食時にくってかかった。

「おかあちゃん。光子におにぎり作るのやめてって言うたが」

「かわいそうじゃが。お腹がすいとろうし」

「甘やかすからいけんのじゃが。部屋からここに来ないなら、食べさせんようにして」

突然母娘の間に挟まれた信子は、その容赦ない応酬に割って入りかねているうち、

「ああ、もう嫌」

百合子は泣きそうな顔で立ちあがり、耳をふさぐと、そのまま走り去っていった。綾乃伯母さんも「光子におにぎり食べさせてくる」と席を外してしまい、信子は赤ん坊と二人、茶の間に取り残された。どうしたものかと考えるうち、横の座布団に寝かせておいた武が泣き始めた。しばらく待っても、誰も戻ってこないので、信子はそろりそろりと赤ん坊を抱き上げた。

「ようし。武。お母さん探しに行こう」

弱々しく泣く子を抱えて、ぶらぶら歩くうち、中庭にいる百合子を見つけた。涼み台に腰掛け、納屋の壁にもたれて、虚ろな目をサツマイモの葉に向けていた。

信子に気が付くと、百合子は薄く微笑んだ。そして、我が子を受け取ると、無造作に胸元を寛げたので、信子はあわてて目をそらした。武はすぐに泣きやみ、乳を飲み始めた。

「さすがお母さんじゃな」

信子は満足そうな武の顔を覗き込み、その頬をつついた。しばらく黙っていた百合子が口を開いた。

「ごめんな。迷惑かけて」

「構わんよ。でも光子ちゃんが、ずっと黙っとるのは心配じゃな。よっぽど空襲が怖かったんじゃな」

空襲の時の様子は何度も聞いていた。空襲警報はなく、真夜中に突然、夕立のような音を立てて爆弾が降ってきた。慌てて庭に掘っておいた防空壕に逃げ込んだが、しばらくして家に火が付くと、防空壕の中も蒸し風呂のように暑くなり、皆のぼせてふらふらになりかけたので、壕から出て逃げ続け、明け方ごろ練兵場までたどり着いて、難を逃れたのだという。

「光子が口をきかん理由は、空襲のせいもあるじゃろうけど」

百合子は皮肉な笑みを浮かべた。

「私に怒っとるからじゃ。鬼母じゃけえ」

「まさか。そんなことなかろう」

百合子は力なくかぶりを振ると、ぽつぽつと話し始めた。

「空襲の日、防空壕へ逃げるよって言うとった時、光子が玄関先まで琴を抱えてきたん。あの子、琴が大好きでな。学校から帰ると一日中弾いとった。枕元においで寝とったくらいでな。そのまま防空壕に持っていこうとしよったけえ、家に置いとくように言うたん。

防空壕は狭いけえな。父ちゃんが頑張って掘って木枠をいれて作ってくれたんじゃけど。みんなでしゃがんでぎゅうぎゅう詰めで、やっと入れるくらいしかなかったん。琴は後で取りにこよう言うたら、あの子は聞き分けようしてくれた」

　百合子は眠り始めた武を抱きなおした。

「でも、防空壕から出て練兵場へ走ろうって時にな、光子は琴を取りに家に飛び込もうとしよったん」

「ありゃ、そりゃあ、止めんといけん」

「そう。あわてて止めた。でも、言うことききかんの。一生のお願い。すぐ取って戻ってくるって。でもな、家からは持ち出せても、家の周り中ぼうぼう燃えとって、火の海じゃが。琴なんてかさばるもん持って逃げられるもんか。この大変な時になんでそんなことするんだか、と思うともう、かあっと頭にきてな」

　百合子の目から涙があふれた。

「ついつい手が出て、何べんもたたいてしもうた。痛い痛いって泣きわめくのを……腕掴んで引きずって……ほんまに……私……」

「仕方ないが。逃げんといけんもの。私じゃてそうするよ。四人も子ども抱えて全員無事なんて、百合子ちゃんよくやったが」

　ぽたぽた涙を垂らしながら、百合子はかぶりを振った。信子は武をくるんでいる布を引っ張り、百合子の涙を拭いた。そしてむせび泣く百合子の背中をなでながら、繰り返した。

「百合子ちゃん、ほんまに頑張ったよ。光子ちゃんもわかってくれらあ」


　一計を案じた信子は、月曜日の朝、部屋の押し入れの中から琴と教本を引き出した。そして出勤前に光子を部屋に呼び入れた。

　琴を見たとたん、光子は「うわあ」と息をのんで涙ぐんだ。

「これ、お母さんと同じ店で買うたんよ。広島の有名なお店を紹介してもろうて」

「ほんま。木目の感じが似とる。そっくり」

　興奮気味に言いながら光子は琴の横に這いつくばって側面の飾りを覗き込んだ。

「うちのはここが蝶々と菊じゃったけど、これは蝶々と梅じゃ」

　光子は身を起こすと、信子を上目遣いで見て言った。

「あたしな、琴に白菊って名前を付けとったん。この琴を白梅って呼んでもええ？」

「好きに呼んでええよ。ここに出して置いとくけえ好きな時に弾きに来て。でも、弾く前に、光子ちゃんに一つ約束してほしい」

信子が改まって姿勢を正すと、光子もきちんと膝をそろえて畏まった。

「それはお母ちゃんと仲直りすること」

光子は、それは承服しかねる、と言いたげに、むっつりと眉根を寄せた。こういう表情は小さい頃の百合子にそっくりだ。信子は笑いをかみ殺し、続けた。

「お母さんが、光子ちゃんをたたいたんは、早う逃げんといけんかったから。町中ぼうぼう燃えとるんじゃもん。光子ちゃんを守るために必死じゃったんよ。わかってあげてな」

内心思う所があったのだろう。光子は素直にうなずいた。

「食事も朝からみんなと一緒に食べてな」

「わかりました」

「はい、指切りげんまん」

指切りの後、琴の爪が入った袋を手渡すと、光子は両手で受け取りながら、輝くような笑顔を見せた。ああ、ええことすると気持ちがええな。信子は浮かれた気持ちで出勤した。

信子が家に帰ると、琴の音色がしていた。おお、弾いとるなあ。信子はしばし耳を傾けた。信子がこの曲を弾いていたのは女学校時代だったような気がする。八歳にしてあれを弾きこなすとは、もしかしたら光子ちゃんは相当上手なのかもしれない。

台所にいた母は笑顔で出迎え、ご飯をよそってくれた。もう皆、食事を終えて部屋に引き上げているらしい。

「あんた、ええことしたなあ。伯母さんも百合子さんも、ほんまに喜んどってな。涙ながらにお礼を言われたが。光子が元気になったのも母娘が仲直りできたのも、すべて信子のおかげじゃて。帰って来たら、改めてお礼を言いたいって。ご飯食べ終わったら呼んでくるわ」

「そんな。わざわざ別にええよ」

なんだか照れくさくて、信子は頭をかいた。信子の前に味噌汁と茄子の漬物を置きながら、母は言った。

「琴は、あんたの嫁入り道具として買うたんじゃけえ、あんたの好きにしてええけど。ずいぶん奮発したもんじゃけえ、譲ってあげるつもりなら母ちゃんにも一言相談してほしかった。まあ、ええけど」

勝手に納得し話を打ち切ろうとする母をひきとめ、信子はきいた。

「譲るって何？　あげとらんよ」

「え？」

「光子ちゃんに好きに弾いてええとは言うたけど、それは貸してあげるという意味」

母は目を丸くしてしばらく何か考えていたようだったが、やがて信子の耳元で囁いた。

「このままにしとかれ。な！　あげたことにしとこうや。な！」

「そんな」

「光子ちゃんは琴に名前まで付けとるんで。あんなに喜んどるのに、無かったことにするなんて、そんな惨いことできるもんか」

「私じゃて、あの琴は小まいころから、ずっと大事にしとって思い入れがある」

「へえでも、一度あげたもんを、今更……」

カッとなった信子は思わず大声で言い返した。

「じゃけえ、琴はもともとあげとらんって言うとるが」

響いていた琴の音がピタッとやんだことに気付き、信子は目を閉じ額を押さえた。渋い顔の母が信子の二の腕あたりをペチペチたたきながら、忍び声で言った。

「きついこと言われな。それじゃけえあんた、縁遠いんじゃが」

「は？」

それは聞き捨てならない。信子は小声にどすを効かせて言い返した。

「こないだの縁談なら、母ちゃんが断ってしもうたんじゃが」

「ありゃいけんが、外地に行く人じゃが」

「ほれみい、えり好みしとるのはお母ちゃんじゃが。それを私が悪いみたいに」

「今は琴の話じゃ。な、きいて」

母が信子の腕をつかんだ。

「譲ったげようや。あんたは十分に恵まれとるんじゃけえ」

「そんなことあるもんか」

「あるが。あんたには家も着物も残っとる。それにひきかえ光子ちゃんは何もかもなくしてしもうたんじゃが。家も服も教科書も思い出の写真も何もかも。そんで、身一つで焼け出され、命からがら逃げて来たんじゃが。あんな中を……」

母はいったん言葉を切り、おびえたように目を伏せた。

「あんたはあの地獄みたいな光景を見とらん。どこもかしこも燃えてて、真っ黒に焦げた遺体が道に何人もたおれとって、リヤカーで通ったら踏んでしまうけえ、道を変えていくんじゃけど、どの道もそうなん。とうとういけんようになって、リヤカーを置いて歩いていったんじゃ。何もかも焼けてのうなっとった。お城も燃えて……」

信子はできるだけ邪険に母の手を払いのけようとしたが、だめだった。母はがっちり信子の腕を掴むと、顔を覗き込んだ。

「な！　光子ちゃんはやっと元気になったんよ。励ましてあげようや。琴をこのまま譲ってあげよう。な」

　信子はどうしてもうなずくことはできなかった。

　自分の部屋に戻った時にも、まだ気持ちは収まらず、手が細かく震えていた。何で、こう何もかもうまくいかんのじゃろ。信子は独り言ちた。光子ちゃんと自分と、どちらが切実に琴を必要としているか。それはわかっている。焼夷弾が雨あられと降る中、琴のために燃える家に飛び込もうとした光子ちゃん。引き換え、上空を通り過ぎただけの敵機におびえ、うずくまって震えていた自分は、押し入れの中の琴のことなど思い出しもしなかった。でも、それはそれだ。琴は、信子が六つの時に買ってもらって以来、大事にしてきた宝物だ。ほいほい譲れるものではない。戦争は終わる様子もなく、自分はますます嫁き遅れで人生先細りの一途をたどっているのだ。琴ぐらい持っていたっていいではないか。

琴はきちんと部屋の隅に片づけられ、袋が掛けてあった。だが恨めしげにこちらを見ているような気がして、信子はそちらを見ないようにして眠りについた。

自分は琴を貸したつもりだったが、相手はもらったと勘違いしていて、ぎくしゃくしている。これからどうしたものか。

昼休みに軽い世間話のつもりで、そんな相談を持ち掛けたのだが、八重子さんは、深刻な顔で唇をわななかせながら涙ぐんだ。何か嫌なことを思い出してしまったらしい。

「すいません。やっちもねえ話して」

信子は慌てて謝った。

「こっちこそごめん。いやいや。嫁ぎ先で貸し借りのことで、もめどおしだったので」

八重子さんが、嫁ぎ先を出てきた理由は、姑さんと小姑さんらが嫁入り道具を次々に借りていって返してくれなかったことにあるらしい。最初は「この着物にあう帯紐貸して」とか「いい半襟ないかしら」と小物を借りていくだけだったのだが、じきに「この帯紐にあう帯貸して」「この半襟にあう着物ないかしら」と大物も借りていくようになり、やがて何の断りもなく、嫁入り道具のあれこれを勝手に物色して持っていくようになり、一年が過ぎた頃には、催促してもとぼけるばかりで返してくれなくなった。八重子さんはたびたび夫に訴えたのだが、「悪気はないんじゃろうから」とか「家族なんじゃしうまくやってくれ」とのらりくらりと逃げを打つばかりで頼りにならなかった。

「頭にきてなあ。あんたの家族は悪気なく嫁の身包み剝ぐんか。泥棒一家じゃって言うたったら大げんか。もう、そのまま婚家を飛び出して来た」

「大変でしたねえ」

「仲人さんに間に入ってもろうて嫁入り道具は戻してもらったけど、琴は戻ってこんかったな。着物のことで頭がいっぱいでそれどころじゃなくてな。三竿のタンスにぎっしりあったのに、すかすか。もういちいち争う気にもならんで、泣き寝入り」

「ひどいなあ」

「一応、喪服だけは確認したん。そしたら一度も袖を通さんかった喪服が畳紙はそのままで中身だけ着古したのと入れ替えてあった」

「怖っ。鳥肌が立ちました」

「怖かろう。怪談じゃあ。妖怪『喪服取り換え』の仕業じゃあ。今は笑えるけどなあ」

波乱万丈な八重子さんの話を聞いていると、自分はまだまだ苦労が足りないのかもしれないと思えてくる。

八重子さんの答えは、琴をあげていいならそのまま。あげたくないならそう言えばいいということで、何だか振出しに戻った気分だった。

数日後の夕食で、光子ちゃんから「琴を習いに行きたいので、その時は貸してください」と申し出があり、何となく収まった形となった。


八月十五日、いつも通りに出勤すると倉敷被服工廠はざわざわと浮き足立っていた。事務室の前を通ったが、誰も席につく様子がなく、忙しげに動きまわっている。どうやらお昼に重大な放送があるかららしい。天皇陛下がラジオにご出演あそばされるのだとか。裁断機が一台も動いていないのは、お声を遮っては恐れ多いという配慮からだろうか。しかしお昼の放送ならまだ時間はあるだろうに。いぶかしがりながらも、指示された通り信子は八重子さんと一緒にボタン付けの部署に向かった。

ひどく暑い日だった。ボタン付けをしていると、手汗ですぐ針が滑るし、ぬぐってもぬぐっても顔から汗が噴き出すので、軍服に垂らさないように気を遣った。

待ち構えていた正午、昼休み開始サイレンの代わりに、工場内にはラジオ放送が流れた。

「ただいまより重大放送があります。全国の聴取者の皆さま。ご起立ください」

もう少し切りのいいところまで終わらせたかったが、アナウンサーの声に、信子は慌てて立ち上がった。雑音が多く、聞き取りにくい放送だった。放送が終わると、信子は崩れるように椅子に座り、内容を反芻した。どうやら戦争が終わったらしい。

「なんでっ。そんなのおかしいが」

後ろの方の席で、誰かが机をたたきながら叫び始めた。まわりの子になぐさめられても、その子は両こぶしで机をたたき続けた。

「じゃあなんで兄ちゃんは死なんといけんかったん？　なんであたしら何もかも我慢しとったん。勝つためじゃが。納得いかん」

信子は、ぼんやりと叫び続ける女の子の声を聞いていた。信子にとって戦争が始まったのは、兄に赤紙がきた日だ。女学校三年の夏休みだった。そして自分も兄を失ったばかりの女学校五年生の時には、あんなふうに運命を呪って怒ったり嘆いたりしていたのを思い出した。それから戦争は激しくなっていき、それが当たり前の日常になった。一時も絶えることなく、運命を揺さぶられ続け、いつの間にか信子はすべてをあきらめていた。兄の戦死すら了見してしまうほどに。遺骨と遺品がある分よそ様より恵まれていると思うほどに。戦争は突然に始まり、いま突然に終わった。神国日本が負けることがあれば、世界が亡ぶ時。誰かがそんなことを言っていた気がするが、外は数分前と変わらず晴れていて、部屋の中は暑い。ここ十年の出来事が次々脳裏をよぎったが、何の思いも沸いては来なかった。頬には涙が流れていたが、それが何故なのか、今の自分の心の有様すらよくわからない。なんだか長すぎる正座で足が痺れた時とよく似ているような気がした。隅々まで血が巡り、立ち上がれるようになるまでには時間がかかるのだろう。信子はのろのろと鋏を取り上げると、ボタンの珠止めのところで糸を切った。付けなくてはならないボタンはあと二つ残っていたが、作業を続ける気にはなれなかった。何より、この軍服を着る人はもう誰もいないような気がした。

ふと気が付くと、隣の席の丸顔の子がしゃくりあげながら泣いていた。

「兄ちゃん。よかった。兄ちゃん」

信子は手をのばし、その背中をなでた。

「お兄さんは御無事なん。よかったなあ」

「はいっ、ありがとうございます」

しゃくりあげながら、女の子は堰を切ったように話し始めた。

「兄が二人、南方へ行っとるんです。全然手紙も来んし、元から筆不精なんですけど、もう心配しとるのに。でも帰ってくるんなら、私も一旦実家に帰らんといけんな。でも、切符が取れるかどうか。しばらくは鉄道混むじゃろうし。ああ、でも帰ってみんといけん」

「おうちは倉敷じゃねえん？」

「実家は成羽なんです。今は伯母さんの家に居させてもらってるんです」

「そうじゃったん」

ナリワ？　なんだか覚えのある地名だ。一体なんだったろうか。頭がよく回らない中、信子はうなずいた。

数日後の夕食時、「玉音放送」の話題になった際に、この隣席の女の子との会話を思い出した信子は、思わず箸を置き、頭を抱えた。あの丸顔の女の子、成羽出身とか言うとったが。ああ、木口小平のこときいてみりゃあよかったんに、思い出しもせんかった。こういうんが、ご縁がなかったというんじゃろうな。

だが、ご縁はあった。

九月の中頃、仲人連の中村さんが前と同じ写真と釣り書きを持って、意気揚々とやってきた。

「この人は運がよくてな。終戦になった時に部隊が一番港に近いところに居ったんじゃと。じゃけえ早々に帰ってこられたんよ。あちら側のお仲人のお話ではな、怪我一つしとらんと。まあ、さすがに少しやつれておられたそうじゃけど、おかげでますます坂東妻三郎に似てきたらしいわ。外地にもいかんし、養子のお話も了承してくださってな。あと、信子さんは、あちらの妹さんとおんなじ工場で働いとったんじゃて？　倉敷の被服工廠で、隣の席で一緒にボタン付けしとったとか。これはもう赤い糸じゃな。新しい写真撮りなおすよりも、まず会うてみましょう。な！　いつにします？」

中村さんは数年ぶりの仲人ができると気合を入れて臨んでくれたらしい。話はとんとん拍子に進んだ。

春爛漫の庭を横切り、信子は郵便受けを覗きに行った。もうすぐ信子の婚礼の日である。夫となる平蔵は岡山県庁に就職が決まったため、五月から信子も岡山市内で官舎住まいをすることになった。綾乃伯母さんの一家は焼けた家を建て直すまでここに住むことになっている。復員してきた百合子ちゃんの旦那さんは、水島の方で就職が決まったとかで、百合子ちゃん達も、住むところが決まり次第、引越しをするそうだ。皆が皆新しい生活への準備でせわしない。

信子は岡山の新居に送る荷物の中に、琴をいれなかった。光子の打ち込み様を見て、冴えわたる爪音を聞いていると、その琴が自分のものという気は、もはやしなかった。琴を譲る話をすると、光子は神妙な顔で「ありがとうございます」と頭を下げた。婚礼の席で高砂を披露してくれることになり、それから毎日練習に余念がない。

高砂や～この浦舟に～

信子は、郵便受けからとった封筒をもったまま、しばし部屋の外に立ち、こそばゆい思いで光子の歌を聞いていたが、やがて踵を返した。さて、この手紙、どこで読もうか。信子はため息をついた。少し気の重くなる手紙の送り主は八重子さん。消印は東京で、返事を出さないままに来た二通目だった。家の中をしばらくウロウロした末、信子は縁側に腰を据えた。

八重子さんからの前の手紙が来たのは先月のことだ。その前半は普通に信子の婚約が調ったことを祝い、東京の大学への入学が決まったという自らの近況をつづったものだったが、後半が問題だった。恩師である近藤鶴代先生が国政にうって出るので、東京に居る自分に代わって応援してほしい。四月十日の投票日には婚礼衣装はすでにできているだろうから、それを身に着け、近藤先生への投票を呼びかけつつ投票所へ向かってくれれば、人々の耳目を集め、女性の投票率の向上につながると思う等々、意欲は買うが、いろいろ無理目な提案が実に具体的に書いてあったので、閉口した。

書かれた通りの行動をとるのは嫌だったが、わざわざ断ると書くのも角が立つので、十日に選挙の投票に行き、それについて書いてお茶を濁そうと思っていたのだが、投票日もすぎ、そろそろ返事を書こうという時になって、この二通目が舞い込んで来た。

ちゃんと婚礼衣装で投票に行ったかどうかの確認じゃったらどうしようと思ってどきどきしたが、八重子さんは前に書いたことなどすっかり忘れているようで、恩師が当選した喜びと、全国では三十九人もの婦人代議士が誕生したことなどを興奮気味に綴っていた。

女の人が代議士さんにもなれる時代なんじゃなあ。

信子は近所の小学校に設えられた投票所で初めて投票というものをしたのだが、なんだか大それたことをしている気がして、おっかなびっくりだった。そんな自分の思うよりずっと早く世の中は動き始めているらしい。

手紙の終わりには与謝野晶子の詩から数句が引用されていた。

『山の動く日きたる、かく云へど、人これを信ぜじ。山はしばらく眠りしのみ、その昔、彼等みな火に燃えて動きしを。されど、そは信ぜずともよし、人よ、ああ、唯だこれを信ぜよ、すべて眠りし女、今ぞ目覚めて動くなる。』
　踊るような文字で書かれた手紙を、信子は背筋を伸ばして読み返した。

参考文献


『少女たちの昭和』小泉和子著　河出書房新社
『米軍資料で語る岡山大空襲　少年の空襲史科学』日笠俊男著　岡山空襲資料センター
「岡山空襲の記憶」岡山空襲展示室パンフレット
『晶子詩篇全集』「山の動く日」与謝野晶子著　青空文庫　https://www.aozora.gr.jp/

# 選評

小川洋子

原稿用紙五十枚というのは、実に微妙な規定である。欲張ってあれこれ詰め込みたくなる長さではあるが、実際に書きはじめてみると、窮屈になったり、散漫になったりしてしまう。

そんな中、最優秀賞に選ばれた『たまゆら湾』は、二つの重なり合う小説を無理なく一つの作品におさめていた。Ｋの書いた小説と、それにまつわる小説部分の文体が見事に書き分けられ、平凡な優しい父親Ｋの心に潜む、明の姿が生き生きと浮かび上がって見えてくる。〝両側から山にじわじわと締めつけられている町〟で、屈折した思いを抱えている少年が、貸本屋を営む女性と出会い、ひととき、特別な時間を共有する。彼女と一緒にいる時だけは、子どもという役割から解放され、大人と対等な立場で言葉を交わすことができる。年上の女性に対する少年の思いが、あまりにも純粋で、切なくなるほどだった。ラスト、たまゆら湾と石のエピソードが、ぼんやりとした記憶の中に淡く漂う。安易に感動的な着地をしていないからこそ、ありふれた人生がいとおしく輝いて見えた。

優秀作『糸』の美点は、戦争の時代の悲惨さを忘れさせるユーモアにある。仲人さんの「しっとる?」「覚えとる?」の一言に、なぜかくすっと笑ってしまった。たとえ生きるか死ぬかの日々の中にあっても、日常の生活は流れてゆく。お琴の貸し借りが、人間の心を惑わせる。その日常のささいな一面にしっかりと視線が定まっていた。

もう一つの優秀作『岡山駅から』で一番印象的なのは、三人の子ども時代の幸福な描写だった。例えば、英夫が路面電車のキーキーという音に聞き入る場面。あるいは、生け簀の水が時間の流れをあらわす場面。どれも忘れ難い。可愛らしくて清々しい彼らの声が、耳に届いてくるような気がした。自分が英夫を待っているのではなく、英夫を待たせているのだ、と主人公が気づく場面、生命力にあふれた彼らの声の名残が、胸に響いてきた。

平松洋子

最優秀賞『たまゆら湾』は小説の虚構性を巧みに取り込んだ作品で、いくぶんトリッキーな味わいも漂わせる。かつて昭和三十年代後半に実在した鉱山町・岡山県三石、食堂、駄菓子を置く貸本屋など、計算づくの舞台装置。貸本屋を引き継いだ女性と少年との交流には秘密めいたひそやかな空気が醸され、二人のあいだを行き来する古今東西の文学作品もなにやら意味ありげ。さまざまな創意工夫は、作者にとっての「書く楽しみ」と読者の「読む楽しみ」を共有する挑戦でもあり、気を逸らさせない。主人公の少年を、そののち実在の人物として登場させる構成も意表を突かれるもので、応募作品中、「読ませる面白さ」が頭ひとつ抜きん出ていた。

優秀賞二作は、いずれも戦争にまつわるテーマをあつかう。戦後七十六年、かつて日本と日本人が経験した戦争の細部が多様な言葉で語り継がれることの意味を、あらためて認識させられる二作でもある。

岡山市内をゆく路面電車や鉄道が、はるか満州までの距離を結ぶ心地を味わう『岡山駅から』。満蒙開拓青少年義勇軍団にくわわった従姉妹兄弟の英夫とチエ、若い男女の細く頼りない結びつきのゆくえに、戦況に翻弄されながら生きるほかなかった市井の人々の姿が託される。少年たちは開拓民ではなく、国策として満州を守る予備戦闘員として送り出された背景が作中で記されるところにも、戦争の真実を語り継ごうとする著者の意欲が感じられた。

『糸』が描くのは、戦時下の激動の日常と、結婚を夢みる若い女性が「赤い糸」に抱くロマンの交差である。倉敷の被服工場で布を裁断する仕事に従事し、焼夷弾に逃げまどう日々のなか、嫁入り道具の琴や着物を守る信子。身近な生活の細部に拠りどころを見出すことによって目前の困難を乗り越える庶民のありさまは、コロナ禍の現在にもどこか相通じるように感じられる。

# 記憶の重さを浮かび上がらせる三作

松浦寿輝

　今回も充実した候補作が並んだが、『たまゆら湾』『岡山駅から』『糸』の三篇が際立って優れた作と思われた。

『たまゆら湾』は、淡い恋情の物語に、「玉響（たまゆら）」という美しい雅語――「玉が触れ合ってかすかに立てる音」という原義から転じて「束の間」「ほんの一瞬」の意味になる――のイメージを絡めるという発想が、きわめて秀逸だった。枠構造に基づく筋立ても洒落ており、「ほんの一瞬」の記憶のはかなさが、長い人生の歳月を逆照射するあたりに、小説的魅惑がみなぎっている。

『岡山駅から』は戦中期の物語で、岡山市内に住む少女と、そのいとこの、奥備中の山間の村に住む兄弟との交流が描かれ、その交流の接点としての岡山駅という特権的な「場（トポス）」

をめぐる記憶が語られてゆく。兄弟の一人が終戦の三か月前に応召し、満州へと出征していったのも「岡山駅から」だった。戦争が庶民の暮らしに残した傷跡が、せつせつと浮かび上がってくる佳品である。

『糸』で語られるのも戦中期の記憶である。徴用され、軍服を作る被服工廠で働くことになった主人公の女性は、嫁ぎ遅れていることに悩みながら、自分と赤い糸で結ばれている未来の伴侶を夢見る。工廠での作業の描写がリアリスティックで読みごたえがある。結末部分に、終戦とともに女性の権利が拡張された時代が到来することを寿ぐ明るさが漂っているのがすがすがしい。

それにしても、『岡山駅から』や『糸』を読むにつけ、その終結がもはや四分の三世紀も昔のことになる太平洋戦争の記憶が、日本人の心の奥底に未だになまなましく息づいていることに、感慨を新たにせざるをえない。

結果的に『たまゆら湾』が最優秀作ということになったのは、「たまゆらの想いのしずく」が胸のなかにあって、「ときどき、たぷんって水が震える」という詩的イメージの魅力のゆえだろうか。しかしわたしとしては、この三作のうちのどれが最優秀作でも構わないという気持ちだった。受賞者の方々に心からおめでとうと言いたい。

第十五回 岡山県
「内田百閒文学賞」受賞作品集

主催 岡山県
㈶岡山県郷土文化財団

二〇二一年 三月二五日第一刷発行

著者 江口ちかる
松本利江
馬場友紀
装幀 小川惟久
発行者 和田肇
発行所 株式会社 作品社

〒一〇二-〇〇七二
東京都千代田区飯田橋二ノ七ノ四
電話 (〇三)三二六二-九七五三
FAX (〇三)三二六二-九七五七
振替 〇〇一六〇-三-二七一八三
http://www.sakuhinsha.com

本文組版 米山雄基
印刷・製本 シナノ印刷㈱



ISBN978-4-86182-844-7 C0095